# वक़्त की आवाज़

जब तक आवाज़ बची है, तब तक उम्मीद भी बची है।
इस शृंखला की कड़ियों में आप अपने समय के ज्वलंत प्रश्नों पर
लेखकों-कलाकारों-कार्यकर्ताओं की बेबाक टिप्पणियाँ पढ़ेंगे।
ये टिप्पणियाँ जितना हमारे समय के गतिशास्त्र को समझने में हमारी मदद
करती हैं, उतना ही इस बात के लिए आश्वस्त भी करती हैं कि
ताक़त के समीकरण समाज, राजनीति और अर्थतंत्र को जो शक्ल दे रहे हैं,
उसे नियति मानकर स्वीकार नहीं किया जा रहा।
ये इनकार की आवाज़ें हैं और इनकार का आधार तर्क-विवेक-युक्त विश्लेषण है।
वह जाति का प्रश्न हो या सांप्रदायिकता का, कश्मीर का प्रश्न हो
या राष्ट्रीय नागरिकता खाते का, विविधता और बहुलता पर हमले का सवाल हो
या विज्ञान और विवेक के ख़िलाफ़ अंधश्रद्धा के प्रोत्साहन का –
इस शृंखला की कड़ियाँ हर मुद्दे की बारीकियों और जटिलताओं
को आपके सामने लाने का एक विनम्र प्रयास हैं।

# जाति से जंग

# जाति से जंग

संपादक

शिप्रा किरण

प्रांजल

संजीव कुमार

ऑफ़सेट का पहला संस्करण, नवंबर 2019
डिजिटल प्रिंट संस्करण, जनवरी 2020

लेफ़्टवर्ड बुक्स
2254/2 ए, शादी खामपुर
न्यू रंजीत नगर
नई दिल्ली - 110008

वाम प्रकाशन और लेफ़्टवर्ड बुक्स नया रास्ता पब्लिशर्स प्रा. लि. की प्रकाशन शाखाएं हैं।

leftword.com

ISBN 978-81-940778-8-6



Series: Waqt ki Awaz 1
Jati se Jung
Edited by Shipra Kiran, Pranjal and Sanjeev Kumar

# विषय सूची

# भूमिका

वर्णव्यवस्था भारतीय समाज की ऐसी विशिष्टता है, जो इसे पूरी दुनिया में अनोखा बनाती है। जाति इस व्यवस्था का जघन्य 'उत्पाद' है, जो हमारे समाज में सदियों से बरक़रार है। जाति सिर्फ़ श्रम का ही नहीं, श्रमिकों का भी विभाजन करती है। जब से इसका वजूद है, तब से न जाने कितनी नदियाँ, जलधाराएँ और झीलें हरे-भरे खेतों और बगीचों में तब्दील हो गईं, न जाने कितने ऊँचे-ऊँचे पहाड़ समतल मैदान हो गए, अनगिनत राजवंश और दरबार अस्त हो गए और उनकी जगह नई व्यवस्थाएँ स्थापित हुईं। पर वर्णव्यवस्था और उसकी पैदा की हुई जाति आज भी क़ायम है। देश के कुछ क्षेत्रों में इसके दंश की तीव्रता कम ज़रूर हुई है, पर हिन्दी भाषी राज्यों में कमोबेश यह अपनी विद्रूपता और क्रूरता के साथ आज भी मौजूद है। कुछ तो बात है कि जाति हमारे समाज से जाती नहीं!

यह कहना अतिशयोक्ति नहीं कि आज के भारत, ख़ासकर हिन्दी-भाषी राज्यों की बहुतेरी समस्याओं की जड़ें वर्णव्यवस्था में हैं। इन राज्यों की मौजूदा राजनीति और सामाजिकता के पास सुसंगत समाज-सुधार आंदोलनों की पृष्ठभूमि और विरासत नहीं है। इनके पास ज्योतिबा फुले, सावित्रीबाई फुले, शाहूजी महराज, डॉ. अम्बेडकर, पेरियार, अय्यनकली या नारायण गुरु जैसे वैचारिक प्रकाशपुंज भी नहीं रहे। मध्यकाल के कबीर, रैदास, नानक और दादू के बाद समाज सुधार की वैचारिक धारा बाद के वक़्त में लगातार सूखती गई। हिन्दी भाषी क्षेत्रों में बड़े सुनियोजित ढंग से उस महान मानवतावादी धारा पर ब्राह्मणवादी हमले हुए। ब्रितानी हुक़ूमत ने जाति और वर्णवाद-विरोधी किसी नई धारा को न पनपने देने में ब्राह्मणवादी शक्तियों का भरपूर सहयोग किया। स्वतंत्रता आंदोलन में दलितों-पिछड़ों की हिस्सेदारी के बावजूद उनके बीच से नेतृत्व नहीं उभरने दिया गया। आंदोलन के प्रमुख नेता भी अगड़ी जातियों से ही आए। अपने ख़ास सामाजिक रुझान के चलते वे नेता दलित-बहुजन के बड़े प्रेरक नहीं बन सके।

आज़ादी के तिहत्तर साल बाद भी हम इन राज्यों को समावेशी समाज के निर्माण की दिशा में आगे नहीं बढ़ा सके। समावेशी सोच और जनपक्षी राजनीति के अभाव में यहाँ भूमि सुधार और शैक्षिक-सांस्कृतिक सुधार के बड़े क़दम भी नहीं उठाए जा सके। इसके पीछे वर्णव्यवस्था और उससे निकले जातिवाद की भी भूमिका रही। आज़ादी के बाद धर्म-जाति-भाषा के नाम पर लोगों की भावनाएँ भड़काने का सिलसिला जारी रहा। महज संयोग नहीं कि मंदिर-मस्जिद की राजनीति का अखाड़ा भी यही क्षेत्र बना। नवें दशक में इस अखाड़े को और विद्रूप बनाया गया। सिलसिला आज तक जारी है। बड़े व्यापारियों और कॉर्पोरेट ने भी वर्णवादी और सांप्रदायिक संकीर्णताओं से समझौता किया। वे यूरोप के पूँजीपतियों की तरह यहाँ पूँजीवादी-लोकतांत्रिक बदलाव के वाहक बनने का सौभाग्य नहीं पा सके।

आधुनिक भारत के महान राजनीतिक चिंतक डॉ. भीमराव अम्बेडकर ने बहुत पहले कहा कि जाति हमारे समाज की ऐसी समस्या है, जो भारत को सही अर्थों में एक राष्ट्र और लोकतंत्र नहीं बनने देगी। उन्होंने इसीलिए 'जातियों के विनाश' का आह्वान किया। पर उस समय के सबसे प्रभावी राष्ट्रीय नेताओं की तरफ़ से डॉ. अम्बेडकर के इस आह्वान को ख़ास महत्व नहीं मिला। अगड़ी जातियों के नेताओं की बात छोड़िए, राजनीति में उभरे बाद के दलित-पिछड़े नेताओं ने भी अम्बेडकर की जाति-विनाश की सैद्धांतिकी का अनुसरण नहीं किया। इससे समस्याओं को सही वक़्त पर संबोधित नहीं किया जा सका। 'हिंदुत्व-राजनीति' के मौजूदा दौर में न सिर्फ़ ब्राह्मणवादी मूल्यों को मज़बूत किया जा रहा है अपितु वर्णव्यवस्था, उसके पुरातन मूल्यों और नायकों को आदर्श के रूप में पेश किया जा रहा है। हिंदुत्ववादी संगठनों ने सत्ता-शक्ति के बल पर एक तरफ़ दलित-बहुजन समाज पर भयानक ज़ुल्म ढाए हैं तो दूसरी तरफ़ उन्हें दिग्भ्रमित करते हुए उनके बीच कुछ आधार भी बनाए हैं।

संजीव कुमार, शिप्रा किरण और प्रांजल द्वारा संपादित इस पुस्तक के अलग-अलग लेखों में वर्ण-जाति के सवालों को ठोस संदर्भों में व्याख्यायित करने की कोशिश की गई है। सोनाली ने अपने लेख में उदाहरणों के साथ दलित-उत्पीड़ितों पर व्यवस्था के ज़ुल्म-ओ-सितम की तस्वीर पेश की है। प्रबीर पुरकायस्थ और सुबोध वर्मा के लेखों में क्रमशः हिंदुत्व-वर्णवादियों द्वारा प्रायोजित गौरक्षा-अभियान के दलित-अल्पसंख्यक विरोधी चरित्र और भूमि-स्वामित्व के सवर्णपक्षी स्वरूप का तथ्यात्मक विश्लेषण है। सुभाष गाताडे, भाषा सिंह, बादल सरोज और अनिल चमड़िया के लेख शोषण-उत्पीड़न की पुरातन और नई व्यवस्था के विविध पहलुओं को सामने लाते हैं। इसके साथ ही दलित नेता जिग्नेश मेवाणी, आनंद

तेलतुम्बड़े, बेजवाड़ा विल्सन और संभाजी भगत से न्यूज़क्लिक के लेखकों-पत्रकारों की चर्चा भी पुस्तक में शामिल है।

शिक्षा, औद्योगिक विकास के अलावा भूमि-स्वामित्व के सवाल आधुनिक समाज के निर्माण और लोकतांत्रीकरण के महत्वपूर्ण एजेंडा रहे हैं। दक्षिणी राज्यों के मुकाबले हिन्दी भाषी राज्यों के उत्पीड़ित समाजों को शिक्षा और सरकारी-निजी क्षेत्र की सेवाओं में लंबे समय तक उपेक्षित रखा गया। जम्मू-कश्मीर और केरल सहित कुछेक प्रदेशों के अलावा देश के बड़े हिस्से में सुसगत भूमि सुधार नहीं किया जा सका। इससे भूमि-स्वामित्व के पैटर्न में बुनियादी बदलाव नहीं हुआ। नतीजतन, ग्रामीण और अर्द्धशहरी इलाक़ों में सामंती दबदबे का सिलसिला जारी रहा। बहुत पहले डॉ. अम्बेडकर ने कहा था कि हमारे देश में भूमि का स्वामित्व आर्थिक से ज़्यादा सामाजिक हैसियत का मामला है। यही कारण है कि हिंदू-उच्च जातियों के भू-स्वामी नहीं चाहते कि उत्पीड़ित समाज के लोगों के हाथ में भूमि का स्वामित्व आए। उन्होंने भूमि के निजी स्वामित्व व्यवस्था में गुणात्मक बदलाव को भारत के लोकतांत्रीकरण के लिए ज़रूरी माना और हर समय इसकी मांग की।

डॉ. अम्बेडकर का 25 नवंबर 1949 को संविधान सभा में दिया भाषण, कई दृष्टियों से ऐतिहासिक महत्व का है। उन्होंने अपने भाषण में भारतीय लोकतंत्र की प्रमुख चुनौतियों का उल्लेख किया और कहा, '26 जनवरी 1950 को हम विरोधाभासों के नए जीवन में दाख़िल होंगे। हमारे यहाँ राजनीतिक स्तर पर समानता होगी – ''एक व्यक्ति-एक वोट'' का सिद्धांत लागू होगा। लेकिन देश के सामाजिक और आर्थिक जीवन में घोर असमानता होगी और इस ढाँचे के चलते ''एक व्यक्ति-एक मूल्य'' के सिद्धांत को समाज में नकारा जाता रहेगा। कितने दिनों तक हम विरोधाभासों के इस जीवन को जारी रखेंगे? कब तक हम सामाजिक-आर्थिक जीवन में समानता से इनकार करते रहेंगे? अगर लंबे समय तक इनकार करते रहेंगे तो हम अपने राजनीतिक लोकतंत्र को ख़तरे में डालेंगे। हमें अपने समाज के इन विरोधाभासों को जल्द से जल्द हटाने की कोशिश करनी होगी अन्यथा एक दिन असमानता से पीड़ित लोग राजनीतिक-लोकतंत्र की इस संरचना को ध्वस्त करने में जुटेंगे, जिसे हमारी संविधान सभा ने बड़ी मेहनत से तैयार किया है।'

दुर्भाग्य है कि बीते सात दशकों में भारतीय राष्ट्र-राज्य ने अपने राजनीतिक-लोकतंत्र में निहित इन बुनियादी अंतर्विरोधों को हल करने की ईमानदार कोशिश नहीं की। आज हमारी ढेर सारी समस्याओं की वजह यही है। समानता, स्वतंत्रता और बंधुत्व के महान मूल्यों

को नज़रअंदाज़ कर किसी भी मुल्क या समाज में सुसंगत लोकतंत्र की स्थापना नहीं हो सकती। सामाजिक और आर्थिक स्तर पर इतनी भीषण ग़ैर-बराबरी को ढोता हुआ एक राष्ट्र अपने 'राजनीतिक-लोकतंत्र' को सुसंगत ढंग से कैसे संचालित कर सकता है? आज हमारे समाज में अगर आर्थिक असमानता अपने चरम पर है तो सामाजिक स्तर पर वर्ण-आधारित भेदभाव भी अपनी पूरी विद्रूपता के साथ मौजूद है। असमानता के वैश्विक सूचकांक में भारत 157 देशों की सूची में 147वें स्थान पर जा गिरा है। वर्णव्यवस्था ने भी भारत में व्याप्त असमानता को बढ़ाने में अहम भूमिका निभाई है। अगर सरकारी-निजी क्षेत्र की नौकरियों, कृषि, उद्योग-व्यापार, एकेडेमिक्स, मीडिया, सिनेमा और संगीत सहित विभिन्न क्षेत्रों में दलित-बहुजन हिस्सेदारी के आधिकारिक आँकड़ों को भी देखें तो वर्णव्यवस्था की विभाजनकारी और बहुजन को दरकिनार करने वाली भूमिका सामने आती है। राष्ट्रपति भवन में दलित समाज से आए किसी राजनेता को बिठाए जाने जैसे प्रतीकात्मक क़दम के बावजूद दलित-बहुजन आज भी हाशिए पर हैं। आज़ादी के इतने सालों बाद भी अगर देश के ज़्यादातर कामकाजी क्षेत्रों में उत्पीड़ित समुदायों का वाजिब प्रतिनिधित्व नहीं है तो मौजूदा व्यवस्था और उसके संचालकों पर सवालों का उठना लाज़मी है।

बीते तीन-चार दशकों के राजनीतिक घटनाक्रमों से सबक लेते हुए आज कॉर्पोरेट समर्थित हिंदुत्व-राजनीति से लड़ने के लिए नए परिप्रेक्ष्य की ज़रूरत है। इसके लिए नए विचार और अनुभव की रोशनी में लिखी किताबों, लेखों, नाटकों, फिल्मों और गीतों की सर्वाधिक ज़रूरत है। लेफ़्टवर्ड द्वारा प्रकाशित यह संकलन जाति और इससे जुड़ी सामाजिक-राजनीतिक जटिलताओं के प्रश्नों को संबोधित करने का प्रयास करता है। इसमें शामिल लेख सामाजिक-राजनीतिक जीवन से जुड़े अनेक ज्वलंत सवालों को शिद्दत से उठाते हैं। निस्संदेह, हिन्दी प्रकाशन क्षेत्र में यह एक अच्छी पहल है। मुझे विश्वास है, हिन्दी पाठक इसे पसंद करेंगे।

19 सितम्बर 2019  उर्मिलेश
दिल्ली

# 1.

## बाबासाहब ने कहा था –
## अस्पृश्यता सारतः राजनीतिक सवाल है

सुभाष गाताडे

*बाबासाहब अम्बेडकर का महाड़ सत्याग्रह भारत के दलित आंदोलन में मील का पत्थर है। महाराष्ट्र के रायगढ़ में स्थित महाड़ क़स्बे के चवदार तालाब से पानी पीकर अम्बेडकर और उनके अनुयायियों ने 20 अगस्त 1927 को परंपरा से चले आ रहे एक सामाजिक निषेध का उल्लंघन किया था। यह घटना महाड़ सत्याग्रह के पहले चरण के रूप में जानी जाती है। दूसरे चरण में 25 दिसंबर को मनुस्मृति की प्रति जलाई गई। सुभाष गाताडे का यह लेख महाड़ के इस ऐतिहासिक संघर्ष के महत्त्व को चिह्नित करता है।*

*     *     *

महाड़ का समता संग्राम तो फ़िलहाल समाप्त हो गया था लेकिन 'चवदार तालाब' के पानी में लगी 'आग' और दूर तक पहुँचने वाली थी। ज़ाहिर था कि अगर चवदार तालाब पर पानी पीना विषमतामूलक भारतीय समाज पर दलितों के अपने नेतृत्व में पहला हमला था तो मनुस्मृति दहन दूसरा। अब यह उजागर हो रहा था कि 19वीं सदी में महात्मा फुले, ताराबाई शिन्दे या रमाबाई तथा रानडे जैसों ने समाजसुधार की जो मशाल जलाई थी और 20वीं सदी में उसके साथ पेरियार, अय्यनकली जैसे तमाम लोग अलग-अलग स्थानों पर जुड़ते गए थे, उस चिंगारी ने आग की लपटों का रूप ले लिया था।

आज जब हम नए सिरे से महाड़ समता संग्राम का पुनरावलोकन कर रहे हैं तो ऐसी कौन सी बातें हैं जो हमें अपने समय के लिए भी प्रासंगिक दिखाई देती हैं? ज़ाहिर है कि महाड़ के

समता संग्राम में हमें ऐसी ढेर सारी बातों के सूत्र मिल सकते हैं, जो बाबासाहब के नेतृत्व में विकसित हुए दलित मुक्ति के प्रकल्प (प्रोजेक्ट) में बाद में पुष्पित-पल्लवित हुए।

महाड़ के समता संग्राम की एक अहम बात थी, राजनीतिक-आर्थिक संघर्षों के साथ सामाजिक-सांस्कृतिक संघर्षों की अहमियत को रेखांकित करना। बाबासाहब ने एक स्थान पर लिखा है कि 'अस्पृश्यता सारतः राजनीतिक सवाल है।'

ज़ाहिर है कि दलितों को राजनीतिक चेतना से लैस करने के लिए उन्होंने ताउम्र कोशिशें कीं। बहिष्कृत हितकारिणी सभा से लेकर इंडिपेंडेंट लेबर पार्टी तक का सफ़र हो या उसके बाद शेड्यूल्ड कास्ट फ़ेडरेशन से रिपब्लिकन पार्टी बनाने तक की उनकी यात्रा, उनकी इसी जद्दोजहद का नतीजा थीं। लेकिन इसके बावजूद लगातार सामाजिक-सांस्कृतिक हलचलें खड़ी करने पर उनका ज़ोर रहा। यह भी कहा जा सकता है कि अपने समूचे जीवन में उन्होंने कभी इन दोनों के बीच कोई चीन की दीवार महसूस ही नहीं की।

महाड़ सत्याग्रह के पहले चरण में जब चवदार तालाब पर सत्याग्रह किया गया था, उस वक़्त जिन प्रस्तावों को पारित किया गया था, उनमें सामाजिक-सांस्कृतिक मांगों के साथ-साथ आर्थिक-राजनीतिक क़िस्म की मांगें भी विराजमान दिखती हैं, एक तरफ़ सरकार से मांग की जा रही है कि वह दलितों को ज़मीन दे तो दूसरी तरफ़ दलितों को अपनी आत्मोन्नति के लिए ललकारा जा रहा है।

महाड़ सत्याग्रह के बाद तो हम 20 के दशक के उत्तरार्द्ध या 30 के दशक के शुरू में कालाराम मंदिर, पर्वती सत्याग्रह जैसे सामाजिक आंदोलनों का एक लंबा सिलसिला ही देखते हैं, जो बाबासाहब के नेतृत्व में या उनके मार्गदर्शन में शुरू हुए। इस मामले में तुलना करना चाहें तो उनके पूर्ववर्ती महात्मा फुले के नेतृत्व में खड़े सामाजिक आंदोलन या उनके समकालीन पेरियार रामस्वामी नायकर के नेतृत्व में खड़ी सामाजिक हलचलों के साथ उनके इन प्रयासों की तुलना की जा सकती है।

यूँ भी कहा जा सकता है कि महात्मा फुले के सत्यशोधक समाज की वैचारिक विरासत को आगे बढ़ाने में वे अव्वल रहे। इसे प्रतीकात्मक कहा जा सकता है कि महाड़ का उनका चयन भी एक तरह से सत्यशोधक समाज की असली विरासत पर अपनी दावेदारी पुख़्ता करने की दिशा में बढ़ाया गया क़दम था।

आज के संदर्भ में, जबकि दलितों की राजनीतिक दावेदारी ज़ोरदार तरीक़े से सामने आई है, इस पहलू की अहमियत और अधिक बढ़ जाती है। यह किसी के लिए भी स्पष्ट है कि

1927 ने जिस स्वाभिमानी दलित आंदोलन के बीज डाले, वहाँ से दलित आंदोलन कई क़दम आगे बढ़ गया है। देश तथा विभिन्न प्रांतों के स्तर पर दलितों के तथा उनकी मित्र-शक्तियों के संश्रय ने 21वीं सदी की राजनीतिक हलचलों को ज़बरदस्त तरीक़े से प्रभावित किया है। लेकिन साथ-ही-साथ दलितों के संगठनों के एक हिस्से के बीच भाजपा जैसी सांप्रदायिक फ़ासीवादी पार्टी के प्रति भी मोह दिखाई दे रहा है। ब्राह्मणवादी मूल्यों का स्वीकार भी बढ़ा है।

ब्राह्मणवाद का आदर्शीकरण करने वाली ऐसी जनद्रोही धारा के प्रति दलितों के एक हिस्से के झुकाव ने निश्चित ही दलित आंदोलन को कुंद करने की प्रक्रिया शुरू की है। समय की यह मांग साफ़ दिखाई दे रही है कि दलित, नए सिरे से ब्राह्मणवाद के ख़िलाफ़ अपने सामाजिक-सांस्कृतिक संघर्ष को पुख़्ता करते जाएँ।

ब्राह्मणवाद की समाप्ति के लिए बाबासाहब ने सभी जातियों की एकता पर बल दिया है। इस मामले में भी वे महात्मा फुले द्वारा स्थापित सत्यशोधक समाज की परंपरा को आगे बढ़ाते दिखते हैं। मालूम हो कि सत्यशोधक समाज के सदस्यों में कई सवर्ण भी शामिल थे, यहाँ तक कि उसके पहले संचालक मंडल में एक यहूदी व्यक्ति भी शामिल थे।

यहाँ इस बात को रेखांकित करना ज़रूरी है कि ग़ैर-ब्राह्मण पार्टी के लोगों ने, जो सत्याग्रह में शामिल हुए थे, बाबासाहब के सामने यह प्रस्ताव रखा था कि ब्राह्मणों को इस आंदोलन से दूर रखा जाए। मालूम हो कि इन दोनों ने मराठी अख़बारों में सत्याग्रह के समर्थन के लिए दो बयान जारी किए थे। पहले बयान में उन्होंने सत्याग्रह के लिए समर्थन का ऐलान किया था तो दूसरे बयान में उन्होंने सत्याग्रह के इस चरण में ब्राह्मण व्यक्तियों को उससे दूर रखने की अपील की थी। उनका लिखित प्रस्ताव 1 जुलाई 1927 के *बहिष्कृत भारत* के अंक में प्रकाशित भी हुआ था। ग़ैर-ब्राह्मण आंदोलन के शीर्षस्थ नेता जेधे तथा जवलकर के इस प्रस्ताव के समर्थन में चंद और पत्र भी छपे थे।

*बहिष्कृत भारत* के 29 जुलाई 1927 के अंक में डॉ. अम्बेडकर ने ग़ैर-ब्राह्मण आंदोलन के अग्रणी जवलकर और जेधे द्वारा महाड़ सत्याग्रह को दिए जा रहे सशर्त समर्थन पर अपनी बात रखी। अपने लेख में डॉ. अम्बेडकर ने साफ़ कहा कि ऐसी कोई शर्त उन्हें मंजूर नहीं होगी। उनके मुताबिक़, इस बात को अस्वीकार करते हुए बाबासाहब ने इस समता संग्राम में सभी जातियों की एकता पर बल दिया। 29 जुलाई 1927 के अख़बार में उन्होंने लिखा,

. . . हमारा संघर्ष सिद्धान्तों को लेकर है। वह किसी व्यक्ति विशेष या किसी ख़ास जाति

के साथ नहीं है। हम इस बात पर यक़ीन नहीं करते कि ब्राह्मण जाति में पैदा कोई व्यक्ति उदार नहीं हो सकता। . . . हमें ऐसे तमाम लोगों की ज़रूरत है जो हमारे उद्देश्यों के प्रति हमदर्दी रखते हैं, भले वह ब्राह्मण हों या ग़ैर-ब्राह्मण। ब्राह्मणों को दूर रखना न केवल उसूलन ग़लत होगा बल्कि रणनीति में भी ग़लत होगा। . . . पुणे से मेरी एक ब्राह्मण भगिनी ने अपने पति के साथ महाड़ के सत्याग्रह में एक स्वयंसेविका के तौर पर शामिल होने की इच्छा तथा तैयारी के बारे में मुझे सूचित किया है। ऐसे लोगों को निरुत्साहित किया जाए, ऐसा जवलकर भी नहीं कहेंगे। ब्राह्मणों के चलते काम बिगड़ जाएगा, ऐसा डर हो तो यही डर कई सारे ग़ैर-ब्राह्मणों और ख़ुद बहिष्कृत तबकों के बारे में भी रखना होगा। हम किसी भी बात को गुपचुप अंदाज़ में नहीं करना चाहते। हम लोग हर बात खुल कर करना चाहते हैं। इसलिए हमें न केवल ब्राह्मणों से बल्कि किसी से भी डरना नहीं चाहिए। . . . चंद पुरातनपंथी ब्राह्मण या ग़ैर-ब्राह्मण हमें भले ही अस्पृश्य समझते रहें लेकिन सद्भावना से प्रेरित ब्राह्मणों की सहायता से हम छुआछूत नहीं बरतते। हमें लगता है कि सत्याग्रह आंदोलन को अस्पृश्यता की समाप्ति के मक़सद तक सीमित रखना चाहिए। अस्पृश्यों के साथ ऐसे तमाम लोगों की सहभागिता पर हमें कोई आपत्ति नहीं होनी चाहिए, जो ईमानदारी से इस बात पर यक़ीन करते हैं कि अस्पृश्यता का निर्मूलन सुधार, न्याय, मानवीय करुणा और राष्ट्रीय एकता के नज़रिए से बेहद ज़रूरी है। . . . सत्याग्रह जैसे आंदोलन को विशिष्ट मुद्दों तक सीमित रखना चाहिए। यह ज़रूरी है कि उसे तमाम मुद्दों में उलझाया न जाए। और यह सभी के लिए लाभप्रद होगा कि सिद्धांतो के साथ समझौता किए बिना विभिन्न क़िस्म के मत के लोगों के साथ सहयोग किया जाए।

इसी समझदारी की परिणति थी कि अपने इस सत्याग्रह में ब्राह्मण तथा अन्य ग़ैर-दलित जातियों के विद्वानों, कार्यकर्ताओं के विशेष सहभाग के बारे में उन्होंने *बहिष्कृत भारत* के अंकों में भी उल्लेख करना ज़रूरी समझा।

महाड़ समता संग्राम का तीसरा अहम पहलू था, उसके दोनों चरणों में महिलाओं का विशेष सहभाग। अपने भाषण में भी बाबासाहब ने महिलाओं पर विशेष ज़ोर दिया था। और इसे महज़ संयोग नहीं कहा जा सकता कि अम्बेडकर के पूर्ववर्ती या समकालीन सामाजिक-सांस्कृतिक विद्रोहों-आंदोलनों में महिलाओं की विशिष्ट सहभागिता रही। फिर चाहे फुले का

आंदोलन हो या पेरियार की पहल पर संचालित आत्मसम्मान (सेल्फ़ रेस्पेक्ट) आंदोलन, सभी में महिलाओं को आगे आने का पूरा मौक़ा मिला। ये ऐसे आंदोलन थे, जिन्होंने अम्बेडकर की सामाजिक-सांस्कृतिक राजनीति के लिए रास्ता सुगम किया।

महाड़ सत्याग्रह को एक तरह से ऐसी तमाम हलचलों की चरम परिणति कहा जा सकता है।

ऐसी ही एक विराट हलचल वर्तमान केरल के इलाक़े से उठी थी, जिसकी अगुआई महान समाज सुधारक अय्यनकली ने की थी।

*न्यूज़क्लिक, 4 दिसंबर 2017*

# 2.

## अम्बेडकर की तीन चेतावनियाँ और आज का भारत

बादल सरोज

यह लेख 2019 के आम चुनावों की पूर्वसंध्या पर प्रकाशित हुआ था। लेखक ने साक्षी महाराज के एक बयान का हवाला देते हुए बाबासाहब अम्बेडकर की तीन चेतावनियों को याद किया था और यह रेखांकित किया था कि आने वाले चुनावों में कौन-सी चीज़ें दाँव पर लगी हैं। आज, नतीजों के कई महीने बाद इस लेख को दुबारा देखना दिलचस्प है।

*     *     *

तुलना बड़ी विचित्र है, किन्तु विडंबनाओं के दौर में संभावनाओं के विकल्प सीमित हो जाना लाज़मी हैं।

2019 के आम चुनावों को लेकर साक्षी महाराज का 'ये चुनाव देश के आख़िरी चुनाव होंगे' का आप्तवचन पढ़ा तो बाबासाहब अम्बेडकर की याद आई। ख़ास तौर से उनकी वे तीन चेतावनियाँ याद आईं, जो उन्होंने 25 नवंबर 1949 को भारतीय संविधान का फ़ाइनल ड्राफ्ट राष्ट्र को सौंपते वक़्त अपने भाषण में दी थीं। उनकी ग़ज़ब की दूरदर्शिता और उनके मुल्क की असाधारण सामाजिक जड़ता, दोनों पर आश्चर्य हुआ।

डॉ. बी. आर. अम्बेडकर ने अपने उस – अब तक कालजयी साबित हुए – भाषण में कहा था कि 'संविधान कितना भी अच्छा बना लें, इसे लागू करने वाले अच्छे नहीं होंगे तो यह भी बुरा साबित हो जाएगा।' इस बात की तो संभवत: उन्होंने कल्पना तक नहीं की होगी कि ऐसे भी दिन आएँगे जब संविधान लागू करने का ज़िम्मा ही उन लोगों के हाथों में चला

जाएगा, जो मूलत: इस संविधान के ही ख़िलाफ़ होंगे। जो सैकड़ों वर्षों के सुधार आंदोलनों और जागरणों की उपलब्धि से हासिल सामाजिक चेतना को दफ़नाकर, उस पर *मनुस्मृति* की प्राणप्रतिष्ठा के लिए कमर कसे होंगे।

संवैधानिक लोकतंत्र को बचाने और तानाशाही से बचने के लिए बाबासाहब ने इसी भाषण में तीन चेतावनियाँ भी दी थीं। इनमें से एक चेतावनी आर्थिक और सामाजिक उद्देश्यों को हासिल करने के लिए संवैधानिक तरीकों पर ही चलने से संबंधित थी। इसकी जो गति आज असंवैधानिक गिरोहों और उनके गुंडा दस्तों ने बना रखी है, वह अयोध्या से कलबुर्गी होते हुए वाया अख़लाक़-गुरुग्राम तक इतनी ताज़ा, सतत और निरंतर है कि उसकी याद दिलाने की ज़रूरत नहीं। साक्षी महाराज का कथन इसी का अगला चरण है। यह जब भी हो, अगर उनकी चली तो होगा ज़रूर, क्योंकि देशज हिटलरों की नूतन और प्राचीन दोनों 'मीन काम्फ' में, लोकतंत्र और संविधान वाहियात चीज़ें क़रार दी गई हैं।

उनकी दूसरी चेतावनी, और ज़्यादा सीधी और साफ़ थी। उन्होंने कहा था कि 'अपनी शक्तियाँ किसी व्यक्ति – भले वह कितना ही महान क्यों न हो – के चरणों में रख देना या उसे इतनी ताक़त दे देना कि वह संविधान को ही पलट दे "संविधान और लोकतंत्र" के लिए ख़तरनाक स्थिति है।' इसे और साफ़ करते हुए वे बोले थे कि 'राजनीति में भक्ति या व्यक्ति पूजा संविधान के पतन और नतीजे में तानाशाही का सुनिश्चित रास्ता है।' 1975 से 77 के बीच आंतरिक आपातकाल भुगत चुका देश पिछले पाँच वर्षों से जिस भक्त-काल और एकल पद पादशाही को अपनी नंगी आँखों से देख रहा है, उसे और अधिक व्याख्या की ज़रूरत नहीं है।

ये कहाँ आ गए हम अंग्रेज़ों के भेदियों और बर्बरता के भेड़ियों के साथ सह-अस्तित्व करते-करते?

सवाल इससे आगे का, क्यों और कैसे आ गए, का भी है। इसके रूपों को अम्बेडकर की ऊपर लिखी चेतावनी व्यक्त करती है तो इसके सार की व्याख्या उन्होंने इसी भाषण में दी गई अपनी तीसरी और बुनियादी चेतावनी में की थी। उन्होंने कहा था कि 'हमने राजनीतिक लोकतंत्र तो क़ायम कर लिया – मगर हमारा समाज लोकतांत्रिक नहीं है। भारतीय सामाजिक ढाँचे में दो बातें अनुपस्थित हैं, एक स्वतंत्रता (लिबर्टी), दूसरी भाईचारा-बहनापा (फेटर्निटी)।' उन्होंने चेताया था कि 'यदि यथाशीघ्र सामाजिक लोकतंत्र क़ायम नहीं हुआ तो राजनीतिक लोकतंत्र भी सलामत नहीं रहेगा।'

आज बाबासाहब की यह आशंका अपनी पूरी भयावहता के साथ सामने है। सामाजिक लोकतंत्र के प्रति जन्मजात वैर रखने वाले अँधेरे के पुजारी, राजनीतिक लोकतंत्र का भोग लगाने को व्याकुल, आतुर दिखाई दे रहे हैं।

अप्रैल-मई में होने वाले आम चुनाव में दाँव पर बहुत कुछ है। खेती-किसानी, मेहनत-मज़दूरी, रोज़ी-रोटी, नौकरी-चाकरी समेत भारत के संविधान के पहले दो शब्द 'हम भारत के लोग' में समाहित भारत की जनता की ज़िंदगी तो दाँव पर है ही, संविधान में लिखा 'भारत दैट इज़ इंडिया' की अवधारणा ही ख़तरे में है। इस तरह, यह कहना अतिशयोक्ति नहीं होगी कि दाँव पर ख़ुद भारत है।

जब परिस्थितियाँ असामान्य होती हैं तो उनका सामना करने और उनसे उबरने के लिए रास्ते भी नए तलाशने होते हैं।

पीने के लिए साफ़ और शुद्ध ताज़े पानी को ही एकमात्र विकल्प मानने वाले भी नहाने के लिए कुएँ-बावड़ी और रखे हुए बासी पानी से काम चला लेते हैं। मगर जब बस्ती को झुलसाने के लिए आग बढ़ती दिख रही हो तो उसे बुझाने के लिए गंगाजल या किसी आरओ के पानी की तलाश में वक़्त ज़ाया नहीं किया जाता। 2019 का चुनाव, इस सर्वनाशी आग को बुझाने के लिए नमी की सारी संभावनाओं को एकजाई करके झोंकने की तात्कालिक ज़रूरत का वक़्त है। ज़ाहिर है कि तात्कालिकताएँ अपरिहार्य होती हैं, एक अनिवार्य फ़ौरी आवश्यकता होती हैं किन्तु यदि वे दूरगामी लक्ष्य के साथ, मंज़िल के साथ अपने रिश्ते को अनदेखा कर दें तो निरर्थक भी हो सकती हैं। साथ ही, यह बाक़ी दूसरों के आचरण पर कम, अपनी समझ और ज़रूरत पर अधिक निर्भर होती हैं।

डॉ. अम्बेडकर की इन तीन चेतावनियों को उनके 1936 के मूलपाठ के साथ मिलाकर पढ़ने से यह मंज़िल भी स्पष्ट हो जाती है। अपनी पहली राजनीतिक पार्टी – इंडिपेंडेंट लेबर पार्टी, जिसका झंडा लाल था – के घोषणा पत्र में उन्होंने साफ़ शब्दों में कहा था कि 'भारतीय जनता की बेड़ियों को तोड़ने का काम तभी संभव होगा, जब आर्थिक और सामाजिक, दोनों तरह की असमानता और गुलामी के ख़िलाफ़ एक साथ लड़ा जाए।' इस आम चुनाव में देशवासी अँधेरे और विघटन, लूट और फूट की ब्रांड एंबेसेडर, संघ नियंत्रित भाजपा और उसकी मंडली को निर्णायक रूप से पराजित कर आगे की बड़ी और निर्णायक लड़ाई का मार्ग प्रशस्त करेंगे।

2019 में भी वे हमारे साथ हैं और इन चुनावों में भी बाबासाहब हमारे बीच होंगे,

चुनावों का प्रावधान करने वाले, सबको मतदान का समान और सार्वत्रिक अधिकार देने वाले संविधान के लोकार्पण के दिन, अपनी इन चेतावनियों के साथ।

*न्यूज़क्लिक, 14 अप्रैल 2019*

# 3.

# कृषि में जाति का बोलबाला

सुबोध वर्मा

*2018 के उत्तरार्द्ध में 2015-16 की कृषि-जनगणना के नतीजे सार्वजनिक किए गए थे। यह लेख उस सर्वे के आँकड़ों की रौशनी में बताता है कि कैसे जातियों का श्रेणीक्रम सिर्फ़ सामाजिक नहीं, आर्थिक मसला भी है। वह संसाधनों में हमारी हिस्सेदारी भी तय करता है। यही कारण है कि तमाम कोशिशों के बावजूद उसकी जड़ें मज़बूत बनी हुई हैं और सर्वे के नतीजों को देखें तो साफ़ पता चलता है कि जाति के ख़ात्मे के दावे बेबुनियाद हैं।*

*　　*　　*

भारत में 1,571.4 लाख हेक्टेयर (157 मिलियन हेक्टेयर) क्षेत्र ऐसा है जो कृषि कार्य के लिए इस्तेमाल किया जाता है। यह जितने मालिकाना पट्टों में बंटा हुआ है, उनकी संख्या चौंकाने वाली है – लगभग 1,457.3 लाख (146 मिलियन)। लेकिन इसकी मुख्य विशेषता है, ज़मीन की मिल्कियत पर कसा जाति का ज़बरदस्त शिकंजा।

कृषि जनगणना की नई रिपोर्ट (2015-16) के अनुसार, दलितों (अनुसूचित जातियों) के पास इस विशाल भूमि का 9 प्रतिशत से भी कम हिस्सा है। 2011 की जनगणना के अनुसार, ग्रामीण इलाक़ों में उनकी आबादी का हिस्सा 18.5 प्रतिशत है। जैसा कि अन्य सर्वेक्षणों और जनगणना में बताया गया है, अधिकांश दलित वास्तव में भूमिहीन हैं।

आदिवासी समुदाय (अनुसूचित जनजाति) भूमि के लगभग 11 प्रतिशत हिस्से पर खेती से जुड़ा काम करता है, जो ग्रामीण इलाक़ों में उनकी जनसंख्या की हिस्सेदारी के बराबर है। लेकिन इनमें से अधिकांश भूमि दूर-दराज़ के दुर्गम इलाक़ों में है, इस भूमि के लिए

## कृषि भूमि का हिस्सा

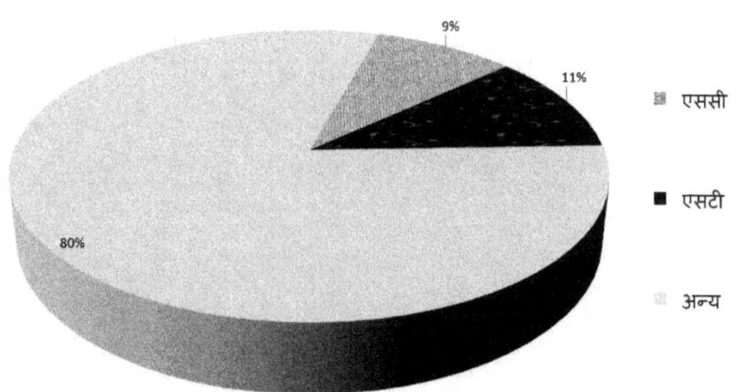


सिंचाई का कोई इंतज़ाम नहीं है और सड़कें भी वहाँ तक नहीं पहुँची हैं। इसमें जीवन-निर्वाह-खेती के लिए समुदायों द्वारा संचालित वन भूमि भी शामिल है।

शेष लगभग 80 प्रतिशत कृषि भूमि 'अन्य' जातियों द्वारा संचालित है, जो तथाकथित ऊँची जातियों या 'अन्य पिछड़े वर्ग' से (ओबीसी) हैं।

चौंकाने वाली यह असमानता और बेदख़ली, सदियों से क़ायम दमनकारी प्रथाओं का ही परिणाम है, जहाँ पहले दलित किसान अधिकतर कुलीन मालिकान की ज़मीन पर दास या बँधुआ के रूप में काम करते थे, बाद में मज़दूरी के लिए काम करने लगे। भूमि-सुधार के पूरी तरह नाकाम होने पर यह प्रणाली जारी रही और इसने दलितों की असहाय एवं दयनीय स्थिति को बनाए रखने का ही काम किया।

भारत में भूमि आधिपत्य प्रणाली का एक और पहलू है, जो इस जाति आधारित शोषण को मज़बूत करता है। नीचे दिया गया ग्राफ़ विभिन्न समुदायों की मिल्कियत वाली ज़मीन को दिखलाता है।

दलितों के स्वामित्व वाली ज़मीन में से लगभग 61 प्रतिशत पट्टे ऐसे हैं जिनका आकार 2 हेक्टेयर से कम है। इन्हें आमतौर पर सीमांत (1 हेक्टेयर से कम) और छोटे (1 और 2 हेक्टेयर के बीच) किसान कहा जाता है। आदिवासियों में, छोटे और सीमांत किसानों की यह श्रेणी लगभग 40 प्रतिशत है जबकि 'अन्य' समुदायों में यह 46 प्रतिशत से अधिक है।

इस प्रकार, न केवल आबादी के उनके हिस्से की तुलना में दलितों के पास भूमि काफ़ी कम है, बल्कि उनके पट्टों का आकार इतना छोटा है कि वह उन्हें निरंतर आर्थिक संकट में

## भारत में जाति और भूमि आधिपत्य

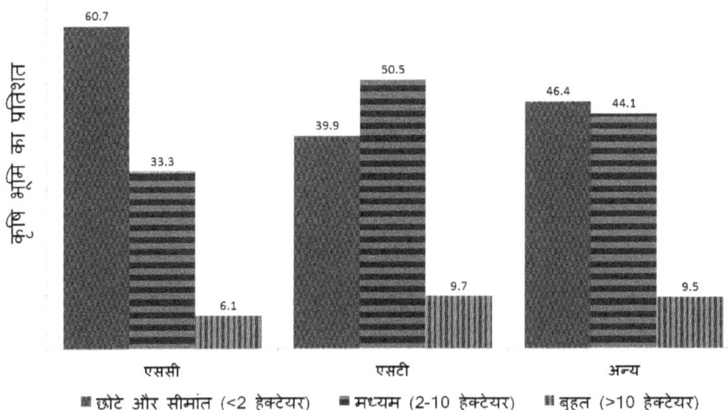


धँसाए रखता है। केवल एक तिहाई दलित किसान ऐसे हैं, जो मध्यम आकार के – 2 से 10 हेक्टेयर भूमि वाले – किसानों में शामिल हैं, जबकि 'अन्य' समुदायों में यह अनुपात 44 प्रतिशत है और आदिवासी समुदायों में 50 प्रतिशत से अधिक है।

कृषि जनगणना से उत्पन्न ये परिणाम दिखाते हैं कि प्राचीन जाति व्यवस्था ने देश में भूमि के वितरण पर यमदूत जैसी पकड़ बना रखी है और इस तरह यह दलितों और आदिवासियों के ख़िलाफ़ लगभग सार्वभौमिक उत्पीड़न और भेदभाव की बुनियाद का काम करती है। ज़मीन की मिल्कियत में हिस्सेदारी, इन समुदायों को भारतीय समाज के सबसे निचले पायदान पर पहुँचाने वाला एकमात्र कारक भले न हो, निश्चित रूप से एक महत्वपूर्ण आधारभूत कारण है।

नतीजे यह भी दिखाते हैं कि जाति के क्षरण या भारत से उसके ग़ायब होने की हवाई बातें उस ठगविद्या से निकली हैं, जिसे उच्च जाति के शहरियों ने ईजाद किया है। 2015-16 के ये सर्वे-नतीजे बताते हैं कि वर्णाश्रम का किला आज भी उतना ही मज़बूत है, जितना कि सदियों पहले था।

*न्यूज़क्लिक, 11 अक्टूबर 2018*

# 4.

## चर्चा : 'जातिवाद जोड़ता नहीं है, बाँटता है'

– आनंद तेलतुम्बड़े

*न्यूज़क्लिक*

अपने आख़िरी ख़त में दलित छात्र रोहित वेमुला ने लिखा था, 'शायद मैंने हमेशा से दुनिया को, प्यार, दर्द, ज़िंदगी और मौत को समझने में ग़लती की। कोई जल्दबाज़ी नहीं थी। लेकिन मैं हमेशा जल्दी में था। मैं एक जीवन शुरू करने के लिए बेचैन था। हमेशा से कुछ लोगों के लिए उनका जीवन एक श्राप है। मेरा जन्म एक घातक दुर्घटना है। मैं कभी भी अपने अकेले बचपन से नहीं उबर पाया। मुझे मेरे बचपन से ही नाक़ाबिल समझा गया था।'

उच्च शिक्षा संस्थानों में दलित छात्रों के साथ हो रहे भेदभाव और दलितों की ज़िंदगियों के अन्य मसलों पर मानवाधिकार कार्यकर्ता और लेखक आनंद तेलतुम्बड़े से न्यूज़क्लिक की बातचीत।

*   *   *

**न्यूज़क्लिक :** हैदराबाद सेंट्रल यूनिवर्सिटी में जो भी हुआ, उस पर और उसके बाद की घटनाओं पर लगातार विरोध प्रदर्शन हो रहे हैं और पुलिस छात्रों के साथ निर्दयता से पेश आ रही है। आपका इस पर क्या कहना है?

**आनंद :** देखिए, हैदराबाद मामले के सारे तथ्य जनता के सामने मौजूद हैं। ये सब शुरू हुआ था, नकुल की डॉक्युमेंट्री *मुज़फ़्फ़रनगर बाक़ी है* की स्क्रीनिंग से। पुलिस की निर्दयता निंदनीय है। लेकिन ये मौजूदा सरकार द्वारा शैक्षणिक संस्थानों का भगवाकरण करने के कुटिल एजेंडे का भी खुलासा करता है।

**न्यूज़क्लिक :** ये बात ज़ाहिर तौर पर नज़र आ रही है कि विश्वविद्यालय में बाहरी ताक़तें काम कर रही हैं। यहाँ तक कि कैंपस का भी भगवाकरण हो रहा है। ये काम उन लोगों का है जिनके मन में दलितों के ख़िलाफ़ पूर्वाग्रह हैं, है ना?

**आनंद :** इस बात से इनकार नहीं किया जा सकता। जब सांसद दत्तात्रेय ने स्मृति ईरानी को ख़त लिखे, वहीं से इस मामले की दिशा बदली थी। एक केंद्रीय मंत्री का 4 या 5 बार लिखना और इस मामले के बारे में पूछना, ये दर्शाता है कि इस मामले में सभी ने क्या-क्या क़दम उठाए थे। रोहित को मैं निजी तौर पर जानता था, उसने और अन्य छात्रों ने मुझे हैदराबाद बुलाया था, जब उन्हें हॉस्टल से निकाल दिया गया था। छात्रों के इस आंदोलन और आरएसएस मुख्यालय के बाहर उनकी पिटाई से साफ़ ज़ाहिर होता है कि ये सरकार छात्रों को सबक सिखाना चाह रही है। उनके मुताबिक़ जो छात्र उनके साथ नहीं हैं, वो 'देशद्रोही' हैं। यही बर्ताव है जो इस सरकार ने किया है। संभवतः इससे ख़ुद उनके लिए ही मुश्किलें पैदा हो रही हैं, क्योंकि अब चीज़ें वैसी ही नहीं रही हैं।

**न्यूज़क्लिक :** जब हम सरकार की बात करते हैं, तो हमने देखा है कि उन्होंने यह दृष्टिकोण अपना लिया है कि जो भी उनके साथ नहीं है, उसे 'देशद्रोही' क़रार दे दिया जाए। हमने अलग-अलग उदाहरण देखे हैं, जिनमें विभिन्न जगहों पर दलित छात्रों के साथ भेदभाव किया जा रहा है। इस पर आपका क्या कहना है?

**आनंद :** ये सरकार साफ़ तौर पर एक हिंदुत्व एजेंडा थोप रही है। और ये हो चुका है। दलितों के बारे में लोगों में पूर्वाग्रह हैं, इस बात से इनकार नहीं किया जा सकता। अगर आप हाशिए के लोगों के लिए अनुमानित आवंटन पर नज़र डालें, तो वो करोड़ों में है, लेकिन इसका एक छोटा हिस्सा भी उन तक नहीं पहुँचता है।

**न्यूज़क्लिक :** इस मामले से आरक्षण का भी सवाल पैदा होता है, आपका उस पर क्या पक्ष है? आपके हिसाब से ये विधेयात्मक कार्यवाहियां, एफरमेटिव ऐक्शन वर्तमान परिदृश्य में क्या किरदार अदा करते हैं?

**आनंद :** देखिए, इस एफरमेटिव ऐक्शन यानी आरक्षण ने दलितों की कितनी मदद की है, ये एक बड़ा सवाल है। दलितों को ये नहीं समझ आता कि उनके बीच से जो नज़र आते हैं, वो दरअसल मिडल क्लास के दलित हैं। इस क़दम से मिडल क्लास या अपर क्लास को फ़ायदा होता है। बाक़ियों पर किसी की नज़र नहीं जाती और यही वजह है कि अब

वो अपने आरक्षित कोटे का फ़ायदा उठाने में नाकाम हैं। ये अभिव्यक्ति पब्लिक डोमेन में नहीं है। क्या हो रहा है, इस पर कोई ध्यान नहीं देता। हालाँकि कई आवाज़ें हैं जो इस मसले पर बोलती हैं, लेकिन आरक्षित सीटों को भरने को लेकर ईमानदारी से काम होता नहीं दिखता है।

**न्यूज़क्लिक :** हाल ही में जेएनयू के छात्रों द्वारा दायर की गई आरटीआई याचिका से ये बात सामने आई है कि पीएचडी के छात्रों को वाइवा में दिए जाने वाले नंबरों में जनरल और एससी/एसटी समुदाय के नंबरों में काफ़ी बड़ा अंतर है।

**आनंद :** हाँ! थियरी पेपर और इंटरव्यू में मिले नंबरों में कभी समानता नहीं होती है। दलित थियरी पेपर की तुलना में इंटरव्यू में ज़्यादा पिछड़ते हैं क्योंकि वहाँ 'इंसानी प्रभाव' यानी ह्यूमन इन्फ्लुएंस होता है। ये अच्छी बात है कि लोग आँकड़े सामने लेकर आ रहे हैं जिनसे पता चलता है कि हमारा समाज पूर्वाग्रह से ग्रसित है और बेहद पक्षपाती है।

**न्यूज़क्लिक :** इससे जुड़ा मेरा एक और सवाल है। आईआईटी मद्रास में अम्बेडकर पेरियार सर्कल को बैन कर दिया गया था। आईआईटी मद्रास के काफ़ी शिक्षक ऊँची जाति के हैं। क्या आपको नहीं लगता कि जब फ़ैकल्टी का एक बड़ा हिस्सा एक समुदाय से आता हो, तो ऐसे पूर्वाग्रहों का होना लाज़मी है?

**आनंद :** देखिए एक बात है, संविधान की पूरी बनावट ही ऐसे दिक़्क़तों के लिए की गई है। इस बारे में कोई भ्रम नहीं होना चाहिए। ये सिर्फ़ आईआईटी मद्रास का मुद्दा नहीं है। देश भर के आईआईटी-आईआईएम में मुश्किल से कोई एससी या एसटी फ़ैकल्टी है।

**न्यूज़क्लिक :** शोषण का रूप शायद बदला हो, लेकिन वो अभी भी जारी है, और एक ही समुदाय के लोगों पर जारी है। क्या आप इस पर कुछ कहना चाहेंगे?

**आनंद :** इस बात को भी काफ़ी बार कहा जा चुका है। पिछले पाँच सालों में शहरीकरण दोगुना हो गया है। लोगों को लगा था कि समाज ज़्यादा औद्योगिक हो रहा है तो शायद जातिवाद जैसे मुद्दे अब अप्रासंगिक हो जाएँगे। हमें 1850 के दौर को याद करना चाहिए जब भारत में रेलवे की शुरुआत हो रही थी। क्या तब चीज़ें बदली थीं? नहीं! लोगों ने कहा कि भारत के औद्योगिकीकरण के साथ जातिवाद जैसे मुद्दे ख़त्म हो जाएँगे। वास्तव में ऐसा कुछ नहीं हुआ। जातिवाद सदियों से चला आ रहा है और ये बेहद लचीला है। इसे शहरी हिस्सों से ख़त्म करने के लिए जब तक जागरूक प्रयास नहीं किए जाएँगे, ये

ख़त्म नहीं हो सकता। आईआईटी में आने से पहले मैं कॉर्पोरेट सेक्टर में था। मैं कॉर्पोरेट की दुनिया से वाकिफ़ हूँ। बेहद आधुनिक कॉर्पोरेट ऑफ़िस में भी जातिवाद होता है। आधुनिकीकरण के भी कई चेहरे होते हैं।

**न्यूज़क्लिक :** क़रीब दो साल पहले इंडियन एक्सप्रेस ने एक सर्वे किया था, जिससे ये बात सामने आई थी कि भारत में हर चौथा व्यक्ति छुआछूत मानता है।

**आनंद :** इससे हमें पता चलता है कि जातिवाद सामंती ढंग से काम करता है। दरअसल आपको इसे पिछले दो दशकों में हुई घटनाओं से जोड़कर देखना होगा। हमने इस बात पर ध्यान नहीं दिया है कि राजनीतिक अर्थव्यवस्था ने कैसे जातिवाद को प्रभावित किया है। नव-उदारवाद के आने के बाद से लोग जातिवाद के बारे में बात करने में संकोच करते हैं कि उन्हें पिछड़ी सोच का समझा जाएगा। 60, 70 और 80 के दशकों में ये बिल्कुल बदल गया था। उसी दौर में भारत में Y2K प्रोजेक्ट आया था और भारत आईटी हब बन चुका था। लेकिन सिर्फ़ प्रौद्योगिकी में प्रगति होने से विचारों में प्रगति नहीं होती। अब, टीवी चैनल यहाँ तक कि अख़बारों में भी सीधे तौर पर जातिवाद झलकता है। बुद्धिजीवी इस पर ध्यान नहीं देते, लेकिन यह काफ़ी दुर्भाग्यपूर्ण है। देश में यही हो रहा है।

**न्यूज़क्लिक :** आनंद, ये मेरा आख़िरी सवाल है। आपको क्या लगता है कि वो पार्टियाँ और संगठन जो दलितों के प्रतिनिधित्व का दावा करते हैं, वो एससी-एसटी समुदाय की मांगों को आगे ले जाने में क्या किरदार अदा करते हैं? वाम दलों की इसमें क्या भूमिका है?

**आनंद :** आपका सवाल दलित नेताओं और दलित राजनीति के योगदान को लेकर है। जब अम्बेडकर ने गाँधी के साथ पूना समझौता किया था, तब से ही दलित राजनीति अलग-थलग हो गई थी। अम्बेडकर को अपने जीवनकाल में ही ये बात समझ आ गई थी कि राजनीतिक रिश्ते हानिकारक हो सकते हैं। तब से वो एक भी चुनाव नहीं जीत पाए थे। कांशी राम ने सही कहा था कि एक 'चमचा राज' बना दिया गया है। आपको दलितों की सारी दिक़्क़तों को साथ रखना होगा। ये जो भी संवैधानिक आडंबर हमें दिखाई देते हैं, उनसे सिर्फ़ 10 प्रतिशत दलितों का फ़ायदा होता है और दलित आंदोलन की शुरुआत से ही 90 प्रतिशत को अकेला छोड़ दिया गया था। ये एक छोटी सी चीज़ है जिस पर दलित बुद्धिजीवी ध्यान नहीं देते। मैं इस बात से पूरी तरह से सहमत हूँ कि जातीय भेदभाव का इलाज जातीय एकजुटता है। लेकिन जाति का इस्तेमाल सिर्फ़ बाँटने के लिए होता है, जोड़ने के लिए नहीं। कई लोग और समाजशास्त्री इस बात को मानते हैं कि जाति

को दरअसल वर्ग में तब्दील कर दिया गया है। इसलिए अगर आप जातीय माध्यम का इस्तेमाल करेंगे, तो बँटवारा लाज़मी है। लोगों की आर्थिक परिस्थिति को ध्यान में रखते हुए समझौते किए जाएँ, तभी इस मसले का हल निकाला जा सकता है।

*न्यूज़क्लिक, 08 फरवरी 2016*

# 5.

## रोहित वेमुला से पायल तडवी तक
## एकलव्य का छटपटाता अँगूठा

सोनाली

जाति व्यवस्था कैसे एक सामाजिक बँटवारे को साकार करती है, यह जानने के लिए उन तमाम छोटे-छोटे बँटवारों को पहचानना ज़रूरी है जो मुसलसल हमें मानवीय स्तर पर एक-दूसरे से संबंध स्थापित करने से रोकते हैं। रोज़मर्रा के ऐसे अनगिनत वाक़िए होते हैं जो सरसरी तौर पर देखने से इतने छिछले होते हैं कि लगता है कि ये व्यक्ति के जीवन पर किसी तरह का प्रभाव डालने योग्य नहीं। लेकिन इनका प्रभाव दरअसल इतना गहरा होता है कि ये किसी के भी जीवन की दिशा बदल सकते हैं।

*　　*　　*

व्यवस्था की जिन रस्सियों ने रोहित वेमुला के गले का फंदा तैयार किया था, उसके कुछ रेशे डॉ. पायल तडवी के फंदे में भी मिल जाएँ शायद। जिन लोगों का विश्वास है कि व्यक्ति अपनी जाति गाँव-देहात की दहलीज़ पर छोड़कर शहरों की ओर बढ़ता है, वे नहीं जानते कि तथाकथित निचली जाति से सम्बद्ध लोगों की पीठ पर ये बेताल की तरह बैठी रहती है, लेकिन उसकी तरह सवाल करने के लिए नहीं बल्कि उनकी कमर को झुकाए रखने के लिए।

22 मई 2019 को मुंबई के बीवाईएल नायर अस्पताल में स्नातकोत्तर की पढ़ाई कर रही डॉ. पायल तडवी ने अपने तीन सीनियरों की ज़्यादतियों से तंग आकर ख़ुदकुशी कर ली। पायल के परिवार वालों और क़रीबी दोस्त के मुताबिक़, ये तीनों सीनियर्स, पायल को न सिर्फ़ उसके काम को लेकर परेशान करते थे बल्कि उसे जाति सूचक बातों के ज़रिए ज़लील भी

करते थे। पायल ने अपने विभाग के अध्यक्ष से शिकायत की थी कि उसे काम नहीं करने दिया जा रहा और उससे सिर्फ़ कागज़ी कार्रवाई करवाई जा रही थी।

पायल अपने समुदाय की पहली डॉक्टर थी। ज़ाहिर है, वह उन तमाम सपनों के साथ मुम्बई में आगे की पढ़ाई कर रही थी, जो उसे प्रताड़ित करने वाले तीन सीनियरों ने भी ख़ुद के लिए देखे होंगे। लेकिन उसमें और इन तीनों में एक बहुत बड़ा फ़र्क़ यह था कि शिक्षा का अधिकार पायल को 'विरासत' में नहीं मिला था। तभी पायल के लिए वे तीनों यह कह पाए कि 'उसके समाज की लड़कियों को सिर्फ़ क्लर्की करनी चाहिए।' समाज का एक बड़ा तबक़ा डॉक्टरी जैसी पढ़ाई करने के लायक नहीं, यह सोच सदियों से जाति व्यवस्था के दलदल में सड़ रहे समाज की ही देन है।

ज्योतिबा फुले, सावित्रीबाई फुले, डॉ. भीमराव अम्बेडकर आदि सभी ने दलितों के लिए आगे बढ़ने की जो सीढ़ी दिखाई, उसका एक शुरुआती और बुनियादी सोपान शिक्षा ही है। लेकिन अफ़सोस कि शैक्षणिक संस्थान दलितों की पहुँच से अमूमन बाहर ही बने रहे। और यह तब जबकि भारत का संविधान अनुसूचित जातियों और अनुसूचित जनजातियों को आरक्षण देता है। यदि आरक्षण के बाद ऐसी स्थिति है तो सोचें इसके बिना क्या ही होता!

बहरहाल, मामला जगज़ाहिर हुआ और बड़े स्तर पर विरोध प्रदर्शनों के बाद प्रशासन को इस मामले में मुस्तैदी दिखाने को मजबूर होना पड़ा। लेकिन शर्मनाक यह है कि पायल के माता-पिता को स्वयं अस्पताल के बाहर धरना देना पड़ा ताकि उनकी बेटी को न्याय मिल सके। इतने मुश्किल हालात में, जहाँ उन्हें पूरे समाज और प्रशासन की सांत्वना व संवेदना की ज़रूरत थी, वे सड़क पर उतरकर धरना देने को मजबूर थे।

लेकिन ऐसा पहली बार नहीं हुआ, साल 2016 में रोहित वेमुला की आत्महत्या के बाद उनकी माँ को भी यूँ ही सड़क पर उतरकर अपने मृत बेटे के लिए इंसाफ़ की गुहार लगानी पड़ी थी। उस समय तो सत्ता की ओर से रोहित की जाति को लेकर ही सवाल खड़े किए जा रहे थे। यह साफ़ दर्शाता है कि प्रशासन, समाज और सरकार दलितों के मुद्दों को लेकर कितनी असंवेदनशील है।

यह असंवेदनशीलता धीरे-धीरे सालों तक व्यक्ति को सिखाई जाती है। इस लेख में जातिगत संदर्भ में मैं सिर्फ़ शिक्षण संस्थानों की बात करूँगी क्योंकि उनका काम न सिर्फ़ औपचारिक शिक्षा देना है बल्कि बेहतर नागरिक बनाना भी है। और इस काम में हमारे देश के शिक्षण संस्थान असफल ही रहे हैं।

स्कूल के दिनों में कई बार ऐसा होते हुए देखा है कि टीचर ने क्लास के अनुसूचित जाति और अनुसूचित जनजाति के बच्चों को खड़ा होने के लिए कहा हो क्योंकि उन्हें वज़ीफा या वर्दी इत्यादि मिलने वाली होती थी। बहुत छोटी-सी बात है कि चालीस बच्चों की क्लास में शायद दो मिनट के लिए आपने चंद बच्चों को खड़ा किया। लेकिन इस छोटी-सी प्रक्रिया के बहुत ही सूक्ष्म परिणाम होते हैं। क्योंकि बैठने पर उन्हें अपने साथ पढ़ने, उठने-बैठने वाले दोस्तों और सहपाठियों के सवालों का सामना करना पड़ता है। उन्हें एससी या एसटी होने का मतलब बताना पड़ता है। इस पूरी प्रक्रिया में एक छोटा-सा बच्चा ऐसे बड़े और भारी-भरकम सवालों से जूझने के लिए अकेला छोड़ दिया जाता है। और वो शायद ख़ुद भी न जानता हो कि अनुसूचित जाति या अनुसूचित जनजाति से होने के क्या मायने हैं।

ऐसा कर वो चालीस बच्चों की क्लास भी स्कूल की परिधि से बाहर का समाज बन जाता है, उस क्लास के बच्चों में और उन दो या तीन बच्चों में अलगाव पैदा कर दिया जाता है। स्कूल के भीतर ही एक अदृश्य खाई की शुरुआत हो जाती है। सिर्फ़ सहूलियत के चलते कच्ची उम्र के बच्चों के मासूम दिमाग़ में एक अमिट लकीर खींच देना किसी अपराध से कम नहीं।

स्कूल के ही दौर की एक दूसरी बात जो इस मौक़े पर करना अहम है, वह है जाति व्यवस्था के विषय में पढ़ाए जाने का ढंग। ध्यान से सोचने पर भी मुझे याद नहीं कि स्कूल में पढ़ाए जाते समय, कभी भी जाति या वर्ण व्यवस्था का ज़िक्र वर्तमान काल में किया गया हो। हमेशा पढ़ाया जाता था कि जाति व्यवस्था 'थी' या चार वर्ण हुआ करते 'थे।' ज़ाहिर है, अगर ये व्यवस्थाएं भूतकाल की बात हैं तो इनके तहत हो रहे दमन और भेदभाव भी अब ख़त्म हो जाने चाहिए थे। इसी के साथ जब संवैधानिक आरक्षण के बारे में चर्चा होती तो उसे सामाजिक-राजनीतिक संदर्भ देने के नाम पर जातिगत उत्पीड़न के इतिहास की छिछली-सी जानकारी दे खानापूर्ति कर दी जाती।

विश्वविद्यालय तक आते-आते जाति की संकल्पना और उससे जुड़े तमाम पूर्वाग्रह काफ़ी परिपक्व हो चुके होते हैं। इसलिए अमूमन विश्वविद्यालयों में रैगिंग की सामान्य घटनाओं के बीच जातीय उत्पीड़न की घटनाएँ भी सामने आती हैं। पायल की घटना तो बहुत बड़ी थी, लेकिन रोज़मर्रा में ऐसे बहुत से वाक़्ए होते हैं, जिनकी ओर किसी का ध्यान नहीं जाता। मुझे याद है, कॉलेज शुरू हुए शायद कुछ हफ़्ते ही गुज़रे थे और दाख़िले की प्रक्रिया लगभग ख़त्म हो चुकी थी। एक दिन एक नई लड़की क्लास में आई तो मैम ने पूछा था, 'नया एडमिशन है? क्या कोटे से हो?' सामान्य-सा लगने वाला यह सवाल निहायत अपमानजनक लहज़े में पूछा

गया था। इस एक घटना से ही साफ़ होता है कि दाख़िले की प्रक्रिया से ही एक 'हम' और 'वे' का विभाजन पैदा कर दिया जाता है।

इस सबके बीच एक और पहलू जो शहरों में जाति के संदर्भ में सामने आता है, वह यह कि आपका एक जाति विशेष से होने के साथ-साथ उस जाति विशेष से लगना भी उतना ही ज़रूरी है। यह 'लगना' क्या होता है? दरअसल, जातीय पूर्वाग्रहों में से ही एक है व्यक्ति का रहन-सहन। इसलिए जब कोई भी व्यक्ति आपके सामने आता है, जो तथाकथित सवर्णों की तरह दिखता और पहनता-ओढ़ता है तो वह स्वत: ही सवर्ण मान लिया जाता है। कई बार ऐसा हुआ है कि किसी ने मेरी पानी की बोतल से पानी पिया हो और मेरे मन में एकदम यह ख़याल कौंध जाता है कि अगर ये जान जाएँ कि मैं अनुसूचित जाति से हूँ, क्या तब भी यह इतने ही सहज होकर पानी पी लेंगे? यह ख़याल कौंधना भी जाति व्यवस्था का ही एक लक्षण है, जो दो इंसानों के बीच एक सहज मानवीय संबंध स्थापित नहीं होने देता।

ऐसा भी कई बार हुआ है कि मेरे आस-पास के सवर्ण छात्रों ने अनजाने में आरक्षण को लेकर अपने विचार मेरे सामने बयाँ कर दिए हों। सुना है मैंने लोगों को कहते हुए कि इस सब से प्रतिभा और योग्यता का ह्रास होता है। लेकिन वे शायद यह नहीं समझते कि जो समाज इतने करीने से बाँटा गया हो, वहाँ 'प्रतिभा' और 'योग्यता' नैसर्गिक कम और पैतृक अधिक हो जाती है।

पायल तडवी के मामले में भी उसके सीनियर यह मानकर चले कि उसके समुदाय में इतनी प्रतिभा और योग्यता हो नहीं सकती जो एक डॉक्टर बनने के लिए अनिवार्य है। और यह धारणा नई नहीं है और न ही इसके पीछे का भय। भय यह कि यदि ज्ञान और शिक्षा का अधिकार सार्वभौमिक हो गया तो शोषक-शोषित की यथास्थिति कैसे बरक़रार रह पाएगी।

इसलिए योग्यता की बात करने वाले कभी भी एकलव्य के कटे हुए अँगूठे को याद नहीं करते जो आज तक अपनी असीम नैसर्गिक प्रतिभा लिए छटपटा रहा है।

# 6.

# गौरक्षा और भारत के अल्पसंख्यकों तथा दलितों के ख़िलाफ़ जंग

प्रबीर पुरकायस्थ

गौरक्षा के नाम पर एकरूप हिंदू पहचान के सुदृढ़ीकरण की राजनीति ने 2014 से एक नई, बेहद ख़तरनाक और विध्वंसक गति अर्जित की है। यह जितनी मुस्लिम-विरोधी है, उतनी ही दलित-विरोधी, क्योंकि उस हिंदू पहचान का आधार ब्राह्मणवादी श्रेणीक्रम है। यह ब्राह्मणी हिंदुत्व, अपने हक़ूक़ के लिए सजग और एकजुट होते दलितों को कभी बर्दाश्त नहीं कर सकता। राजग-2 के दौर में गौरक्षा की मुहिम ने हमारे सामाजिक ताने-बाने से लेकर अर्थव्यवस्था तक पर क्या असर डाला, इसकी पड़ताल प्रबीर पुरकायस्थ के इस लेख में की गई है।

*     *     *

गौरक्षा के नाम पर मुसलमानों के ख़िलाफ़ गुस्सा और नफ़रत फैलाना, हिंदुओं को एकजुट करने के लिए एक कुटिल चाल हो सकती है, लेकिन दरअसल गौरक्षा या 'निगरानी' जानवरों के पालन और व्यापार की अर्थव्यवस्था की सतही जानकारी का नतीजा है। लेकिन अगर वो अपनी इस चालबाज़ी को जारी रखते हैं, तो हिंदू एकजुटता का ये प्रोजेक्ट बिना किसी बाधा के पूरा भी हो सकता है।

गौरक्षा समितियों की ज़हरीली गतिविधियाँ देश भर में फैल गई हैं और उनकी वजह से सिर्फ़ मुसलमानों पर नहीं, दलितों पर भी हमले बढ़े हैं। यही पैटर्न पहले भी था, और आज भी है। हालाँकि ऊना में दलितों पर हुए हमलों के ख़िलाफ़ देश भर में विरोध प्रदर्शन चल रहे थे, लेकिन उसी दौरान बजरंग दल ने 24 जुलाई 2016 को कर्नाटक के चिकमगलूर में

दलितों पर हमले किए। यह पिछले दो साल में ऐसा आठवाँ हमला था। यह सिलसिला और आगे बढ़ा, जब 28 जुलाई को लखनऊ में एक मुर्दा गाय की ख़ाल निकालने की वजह से दो दलित लड़कों को पीटा गया। इससे कुछ साल पहले एनडीए की सरकार में ही, दिल्ली से महज़ 60 किलोमीटर दूर हरियाणा के बादशाहपुर में मुर्दा गाय की ख़ाल निकालने की वजह से 5 दलित युवकों की हत्या कर दी गई।

आरएसएस-हिंदुत्व का एजेंडा, मुसलमानों के ख़िलाफ़ नफ़रत का इस्तेमाल करके एक हिंदू आइडेंटिटी या पहचान को एकरूप करना है। वो हिंदुओं और मुसलमानों को अलग करके 'भारतीय पहचान' को स्थापित करना चाहते हैं। और गाय इसी पहचान का एक प्रतीक है। कहा जाता है कि गाय हमारी माता है! पर ये यहीं ख़त्म नहीं होता, गाय हमारी माता है, और मुसलमान गाय खाते हैं! इस तरीक़े से मुसलमान हिंदुओं से अलग हो जाते हैं, और हमारे दुश्मन बन जाते हैं। इसी वजह से 28 सितंबर 2015 को दादरी के अख़लाक़ की हत्या की गई, और उसके बाद से गाहे-ब-गाहे मुसलमानों पर हमले होते रहे।

हालाँकि गौरक्षा का ये खेल पहले भी होता था, लेकिन लोग इसमें बहुत ज़्यादा सहयोग नहीं करते थे। जब तक सरकार इस 'निगरानी' में शामिल नहीं थी, तब तक ये उतना व्यापक नहीं था। लेकिन भाजपा के उत्थान, और केंद्र तथा विभिन्न राज्यों में उसकी सरकार बनने से अब सूरत बदल रही है।

यह 'रक्षा' या 'निगरानी' ग्रामीण इलाक़ों में एक हिंदू एकजुटता बना कर मुसलमानों को दबाने के मक़सद से आगे आ रही है।

पहले हिंदुत्ववादी ताक़तें शहरी इलाक़ों में दंगों का सहारा लेती थीं, वहीं अब ग्रामीण इलाक़ों में 'गौमाता' की रक्षा को हिंदू एकजुटता और सांप्रदायिक दंगों का साधन बना लिया गया है। इसका मक़सद मुसलमानों को अलहदा और राजनीतिक तौर पर कमज़ोर कर देना है, जैसा कि गुजरात में देखने को मिला है। हालाँकि ये 'रक्षा' मुसलमानों के ख़िलाफ़ साज़िश है, लेकिन ये हिंदू समाज के लिए भी एक ख़तरा बन चुकी है। हिंदुत्व की 'गौरक्षा' अब उन दरारों को तोड़ रही है, जो ख़ुद ब्राह्मणवादी सभ्यता में शामिल हैं। अगर गाय की रक्षा ही करनी है, तो तमाम पशु व्यापारी इस धंधे से प्रदूषित क्यों हो रहे हैं? अगर गाय सच में उनकी 'माता' है, तो मुर्दा गायों को दलित क्यों दफ़नाते हैं, 'गौरक्षक' क्यों नहीं दफ़नाते?

ब्राह्मणवाद में मनुष्यों को उनके काम के हिसाब से बाँटा गया है। ऊँची जाति के लोगों को दूध पिलाने और उनके जूते सिलने के लिए अन्य जातियों के लोग मुर्दा गायों का व्यापार

करते हैं, और उनकी ख़ाल निकालते हैं। फिर उस ख़ाल से अन्य जाति के लोग चमड़ा बनाते हैं। जो भी दूध निकालने या चमड़ा बनाने के काम में लगे हैं, उन सबको ये व्यवस्था 'प्रदूषित' मानती है। और जो लोग सिर्फ़ इन उत्पादों का सेवन करते हैं, इस्तेमाल करते हैं, उन्हें 'पवित्र' माना जाता है। बनाने वाले अपवित्र हैं, और जो पैरासाइट (परजीवी, मुफ़्तखोर) बने बैठे हैं, वो पवित्र हैं! यही ब्राह्मणवाद का पाखंड है।

जो जातिवाद के समर्थक हैं, वो बढ़-चढ़ कर कहते हैं कि ये वर्ण व्यवस्था 'मेरिट' के हिसाब से बनाई गई है, जबकि दरअसल ये काम के हिसाब से बाँटी गई है, जिसमें जो कोई काम नहीं करता, वो सबसे ऊपर है और बाक़ी सब अपने-अपने काम की क़िस्म के आधार पर बंटे हैं। इसी के तहत मैनुअल स्कैवेंजिंग (मैला ढोना) और मुर्दा जानवरों को हटाना, इस व्यवस्था की सबसे छोटी जाति के लोगों का काम हो गया और सबसे ज़्यादा प्रदूषित माना गया। यह व्यवस्था हर समुदाय के कामगारों को अलग करने और उनका अतिरिक्त शोषण करने का एक साधन मात्र थी।

इसका मतलब ये क़तई नहीं है कि कामगारों को बाँट देने से ही फ़ायदा हासिल किया जाता था। फ़ायदा पाने के और भी कई तरीक़े होते थे। भारत की सामंती-जाति व्यवस्था और यूरोपियन सामंतवाद में बस इतना-सा फ़र्क़ रहा कि यूरोप में छोटी जाति वालों को उनकी ज़मीन या उनके मालिक से बाँध कर रखा जाता था, लेकिन भारत में, छोटी जाति वालों की कई-कई पुश्तें, किसी एक व्यवसाय से बाँध कर रख दी गई थीं। वो जहाँ मर्ज़ी वहाँ जा सकते थे, लेकिन अपना पेशा छोड़ने की इजाज़त उन्हें नहीं थी।

इसके बारे में तमाम बातें कही गई हैं कि जो गौमाँस वैदिक काल में भी खाया जाता था, और जिसकी बलि भी दी जाती थी, उसे आगे चल कर प्रतिबंधित क्यों कर दिया गया! इसे सबसे अच्छे से समझाया है जाने-माने मानव वैज्ञानिक मार्विन हैरिस ने। वो कहते हैं कि भारत की कृषि अर्थव्यवस्था में बैल और भैंस के बढ़ते इस्तेमाल की वजह से ही गौमाँस पर प्रतिबंध लगा था। अगर सवाल सिर्फ़ दूध का होता, तो भैंस काटने पर भी बैन लगाया जाता, भैंस तो दूध उत्पादन में ज़्यादा अहम है। ईसा पूर्व (बीसी) की पहली सदी में जंगलों के कटने और व्यवस्थित खेती की शुरुआत से ही गाय के बचाव की ज़रूरत पड़नी शुरू हुई थी। गाय से सिर्फ़ दूध ही नहीं मिलता था बल्कि वो 'अतिआवश्यक' बैलों को भी जन्म देती थी।

'बैल भारत के किसान का ट्रैक्टर, थ्रेशर और पारिवारिक सवारी, तीनों हैं, और गाय वो फ़ैक्ट्री है जो बैल बनाती है।'

यह कथन आज भी सच है, और सदियों पहले भी सच रहा होगा।

19वीं सदी में गौरक्षक समिति एक मुस्लिम-विरोधी संगठन ही नहीं बल्कि ब्राह्मण समाज जैसी ऊँची जाति की प्रधानता का नेतृत्व करने के लिए उभर कर सामने आई थी। ये सभी संगठन हिंदू सभा के तौर पर गठित हुए थे और 1915 में सारे संगठनों ने एक साथ मिलकर हिंदू महासभा का गठन किया।

हिंदुत्ववादी शक्तियों ने गोला, अहीर, गुज्जर आदि जैसी अन्य पिछड़ी जातियों को भी एकजुट करने की पूरी कोशिश की – और उन्हें भी गौरक्षकों की श्रेणी में लेकर आए। कसाई (बूचड़) और चमड़ा कर्मचारियों को सबसे ज़्यादा अशुद्ध माना जाता था क्योंकि वे मरे हुए जानवरों और उनके चमड़े (उनकी ख़ाल) का व्यापार करते हैं। यही कारण था कि उन्हें गौरक्षकों की श्रेणी में सम्मिलित नहीं किया गया था। ऐसा माना जाता है कि जब तक वे इस तरह के पेशे में हैं, तब तक उन्हें गौरक्षक बनने का 'अधिकार' नहीं है। इन समुदायों के लोग मृत या बीमार गाय का माँस खाते हैं। इसीलिए उन्हें मुस्लिमों के बराबर (समतुल्य) दर्ज़ा दिया गया है। सफ़ाई कर्मचारी आंदोलन के लीडर और हाल ही में मैग्सेसे पुरस्कार से सम्मानित, बेज़वाड़ा विल्सन ने मई 2016 के आईडिया ऑफ़ इंडिया कॉन्क्लेव में गौमाँस पर रोक के विरोध में कहा था कि यह ग़रीबों की सेहत पर सीधा हमला है क्योंकि गौमाँस उनके लिए प्रोटीन का प्रमुख स्रोत है। बहुत सारे सरकारी संगठन भी यह मानते हैं कि हिंदुओं में ख़ास तौर पर दलित, आदिवासी समुदाय और अन्य पिछड़ी जातियों में भी गौमाँस के सेवन का प्रचलन है।

गाय के नाम पर मुसलमानों पर हुए हमलों ने उनके व्यवसायों पर भी गहरा असर डाला है। इसीलिए गौमाँस खाने पर होने वाले हमले अब मुर्दा गायों के माँस निकालने, जानवरों को लाने-ले जाने और यहाँ तक कि पशु व्यवसाय तक फैल गए हैं। पशु व्यापारियों पर हो रहे हमलों की वजह से अब लोग गाय और भैंसों को समय से पहले ही छोड़ने लगे हैं, ख़ास तौर से उन राज्यों में जहाँ भारी सूखा पड़ा है। जानवरों की क़ीमतों में भारी गिरावट आई है और उनका परिवहन भी अब काफ़ी जोखिम भरा हो गया है। इसी तरह भारत में 'बीफ़' (जिसका आशय आमतौर पर भैंस से होता है) से बने चमड़े के उत्पादन और निर्यात में भी काफ़ी गिरावट आई है।

APEDA (एक सरकारी संस्था जो कृषि और संसाधित खाद्य सामग्री देखती है) के मुताबिक़ 2015-16 में भैंस के माँस के निर्यात में पिछले साल की तुलना में क़रीब 11

प्रतिशत की गिरावट आई है। भारत के चमड़े के निर्यात में भी 10 प्रतिशत की गिरावट देखी गई है। इसके मानी ये हैं कि पशु व्यापारियों पर हो रहे हमले, दरअसल भारत की अर्थव्यवस्था पर हमले हैं। दस्तावेज़ों के मुताबिक़ भारत के चमड़ा उद्योग में 25 लाख मुसलमान और दलित हैं। पशुओं के व्यापार पर ये हमला दरअसल मुसलमानों और दलितों के जीवन पर भी हमला है। ग़ौरतलब है कि पशु व्यापारियों में मुसलमान और दलित मज़दूरों की संख्या काफ़ी ज़्यादा है।

आरएसएस-भाजपा का 'बीफ़ एजेंडा' समाज को सांप्रदायिक बनाने का एक बड़ा ज़रिया है, ख़ास तौर पर उत्तर प्रदेश में। ज़ाहिरा तौर पर ये मुसलमानों को शिकार बनाने के लिए इस्तेमाल किए जाने वाले चुनावी हथकंडे हैं।

इस सबके ख़िलाफ़ दलितों का विरोध इस रास्ते के ख़तरे को दिखाता है। भाजपा को दलितों के इस नारे का जवाब देना चाहिए, 'अगर वो तुम्हारी माता है, तो उसे तुम ही दफ़नाओ!' लेकिन भाजपा के पास इसका कोई जवाब नहीं है।

*न्यूज़क्लिक, 06 अगस्त 2016*

7.

# गटर की मौत – कहाँ है इंसाफ़?

भाषा सिंह

'आज सरकार के एजेंडे में न तो मैला ढोने वालों की मुक्ति है और न ही सीवर-सेप्टिक टैंक में हो रही मौतों को रोकना ही। मोदी सरकार तो सिर्फ़… स्वच्छ भारत का ढिंढोरा पीटने में लगी है।' भाषा सिंह 2017 में अपने इस लेख में जो बात कह रही थीं, वह आज दो साल बाद और अधिक सच लगने लगी है। सीवर और सेप्टिक टैंक में होने वाली मौतों की औसत संख्या में कोई कमी नहीं आई है, और न ही उनके प्रति सरकार के ग़ैर-ज़िम्मेदाराना रवैए में। क़ानून हैं, लेकिन उनको अमल में लाने वाली इच्छाशक्ति नदारद है।

*   *   *

ऐ, रहबरे मुल्को कौम बता,
ये किसका लहू है कौन मरा

इंक़लाबी तेवर वाले मक़बूल शायर साहिर लुधियानवी की ये नज़्म अनगिनत मौक़ों पर जनता के ऊपर होने वाले ज़ुल्म, क़त्लेआम की बानगी के तौर पर पेश की जाती रही है। यहाँ पर जिन लोगों की हत्याओं की बात कर रहे हैं, उनका भी सीधा संबंध व्यवस्था की क्रूरता से है, वे भी सोची समझी हत्याएँ हैं, लेकिन इन मौतों पर ऐसा गुस्सा हमारे-आपके दिलों से इस तेवर के साथ नहीं फूटता है। क्यों?

जिन मौतों की, या यूँ कहें तो बेहतर होगा कि जिन हत्याओं की हम बात करेंगे, वे अक्सर ज़्यादा ध्यान नहीं खींचतीं। हमारे समाज में इन लोगों का मरना आज से नहीं, सदियों

से एक नॉर्मल परिघटना रही है। पिछले एक-दो साल से अगर ये मौतें बड़े शहरों के इर्द-गिर्द होती हैं तो चर्चा में आती हैं। अगर दूरदराज़ में होती हैं तो न तो ख़बर बन पाती हैं, न ही किसी की चिंता इस पर ज़ाहिर होती है। ऐसे में ख़ामोशी से इनका अंतिम संस्कार हो जाता है और अरबों की भीड़ में इनके परिजन अपनी दुख की पोटली के साथ गुम हो जाते हैं।

जी हाँ, सही समझा आपने। मैं देश के कोने-कोने में सीवर और सेप्टिक टैंकों को साफ़ करने के दौरान होने वाली मौतों-हत्याओं का ज़िक्र कर रही हूँ। पिछले तीन सालों में क़रीब 1500 ऐसी मौतों का ब्यौरा जुटाया गया है। इन आंकड़ों को जुटाने, गटर में परिजनों को खोने वाले लोगों की स्थिति का मुआयना करने का काम सफ़ाई कर्मचारी समुदाय के बीच से जन्मी एक संस्था 'सफ़ाई कर्मचारी आंदोलन' ने किया है। निस्संदेह, इन आंकड़ों और तथ्यों को जुटाने की ज़हमत सरकार ने नहीं उठाई। किसी सरकारी संस्था ने भी नहीं। सरकार के एजेंडे में अभी तक न तो मैला ढोने वालों की मुक्ति है और न ही सीवर-सेप्टिक टैंक में हो रही मौतों को रोकना। मोदी सरकार तो सिर्फ़ अपने मन की बात और स्टैंड अप इंडिया, मेक इन इंडिया से लेकर स्वच्छ भारत तक का ढिंढोरा पीटने में लगी है। उसने अभी तक 2013 के नए क़ानून, जिसके तहत किसी भी रूप में इंसानी मल को हाथ से साफ़ करने वाले काम को ग़ैर-क़ानूनी ठहराया गया है, प्रतिबंधित किया गया है, उसे क्रियान्वित करने के लिए कोई क़दम नहीं उठाया है। और तो और, वह 2014 के सुप्रीम कोर्ट के आदेश का भी पालन नहीं कर रही है। देश की सर्वोच्च अदालत ने साफ़ तौर पर कहा था कि 1993 से लेकर अभी तक जितने लोग सीवर-सेप्टिक टैंक की सफ़ाई में मारे गए हैं, सबके परिजनों को 10 लाख रुपये का मुआवज़ा देना होगा। तमाम सालों में मारे गए लोगों की शिनाख्त के लिए सुप्रीम कोर्ट ने अपने फ़ैसले में सरकार को एक सर्वे कराने को कहा था। इस दिशा में अभी तक, यानी 2017 तक, कोई प्रगति नहीं हुई है। न ही, सीवर-सेप्टिक टैंक में मारे जा रहे लोगों के परिजनों को अपने आप मुआवज़ा देने की कोई व्यवस्था की गई है। जहाँ मारे गए लोगों के परिजन, उनका समाज मज़बूत है , संगठन सक्रिय है, वहाँ तो थोड़ा-बहुत न्याय मिल पा रहा है, वरना कोई सुनवाई नहीं है।

देश की राजधानी दिल्ली के घिटोरनी में 16 जुलाई 2017 को एक सेप्टिक टैंक में चार लोगों की जान चली गई। इन चारों में तीन दिहाड़ी के मज़दूर और एक छोटा ठेकेदार था। चूँकि मामला दिल्ली का था, इसलिए मीडिया में खबरें आईं और थोड़ी राजनीतिक हलचल हुई। लेकिन इंसाफ़ की दृष्टि से मामला एक क़दम भी आगे नहीं बढ़ा। शुरू से मामले में

हेरा-फेरी करने की कोशिश चलती रही। इसे वाटर हार्वेस्टिंग टैंक बताया जा रहा था। जब ये सवाल उठा कि हार्वेस्टिंग टैंक में जहरीली गैसें कैसे हो सकती हैं, तब दबी आवाज़ में यह कहा जाने लगा कि यह सीवर से जुड़ा था। पड़ताल होने पर पता चला कि टैंक की सफ़ाई करने गए तीन मज़दूरों में से सबसे पहले जिन्हें नीचे उतारा गया था, वह अनिल थे, जो वाल्मीकि समुदाय से आते थे। वे दिल्ली में 100 फुटा रोड पर बने रैन बसेरा में रहते थे और उसके बगल में ही बनी झुग्गी बस्ती में उनकी बहन का परिवार रहता था। जब अनिल बाहर नहीं आए तो दूसरे मज़दूर को नीचे उतारा गया, उनका नाम था दीपू दुबे – वह भी उसी रैन बसेरा में रहते थे और परिजन के नाम पर उनके सिर्फ़ एक भाई हैं और वो भी उसी रैन बसेरा में रहते हैं। इन दोनों को नीचे लुढ़कता देख टैंक में उतरे इंद्रजीत उर्फ बिल्लू। वे पंजाबी समुदाय के थे और वह भी ज़हरीली गैस का शिकार हो गए। इन तीनों को बिना किसी सेफ़्टी गियर के उतारा गया था। यानी किसी के भी कमर में कोई रस्सी या मुँह पर मास्क नहीं लगा था। जिस समय उस गटर में इन तीनों की जान जा रही थी, उस समय लोगों का हुजूम जुट गया था, लेकिन कोई उन्हें बचाने के लिए तैयार न था। जब यह दुर्घटना घटी, तब छोटे ठेकेदार सरवन वहाँ नहीं थे, उनका बेटा जसवंत था। बेटे ने पिता को फोन किया तब सरवन पहुँचे, और हुजूम के दबाव में वह रस्सी बाँध कर नीचे उतरे और जैसे ही रस्सी खोलकर बाक़ी मज़दूरों को बाँधने लगे, वह भी चपेट में आ गए और फिर उनके पीछे बेटा जसवंत भी कूदा। इतनी देर तक बचाव के लिए न तो पुलिस पहुँची और न ही फ़ायर ब्रिगेड। फ़ायर ब्रिगेड पहुँची तब जसवंत को ज़िंदा निकाला गया। घटना के एक दिन बाद, दिल्ली भाजपा के अध्यक्ष मनोज तिवारी पंजाबी बस्ती में तो संवेदना दिखाने पहुँच गए, ठेकेदार के परिवार से मिले, लेकिन न ही उन्हें टैंक में मरने वाले मज़दूरों की याद आई और न ही उनका लाव-लश्कर उधर गया। विडंबना यह कि वे पूरे समय यही समझाते रहे कि लोगों को ऐसे काम नहीं करने चाहिए, और सावधानी से उतरना चाहिए। दरअसल, यही वह जातिवादी सोच है जो सीवर-सेप्टिक टैंक में हो रही मौतों के लिए, सफ़ाई करने वालों को ही ज़िम्मेदार मानती है। बेशर्मी से पूरे देश में ये तर्क दिया जा रहा है कि आख़िर क्यों मैला ढोने वाले मल उठा रहे हैं, आख़िर क्यों सफ़ाई कर्मचारी गटर में जान दे रहा है। ये लोग कभी ये सवाल नहीं उठाते कि जब मैला प्रथा ग़ैर-क़ानूनी है, जब सीवर-सेप्टिक टैंक में इंसानों को उतारना ग़ैर-क़ानूनी है, तब आख़िर क्यों सरकारें, स्थानीय प्रशासन और ठेकेदार इसे जारी रखे हुए हैं? क्यों सीवर-सेप्टिक टैंक में इतनी मौतों के बावजूद किसी भी सरकारी अधिकारी के ख़िलाफ़ कोई ठोस कार्यवाही नहीं

हुई? कौन है इन हत्याओं का ज़िम्मेदार? ये सवाल नहीं उठाया जाता, क्योंकि इससे व्यवस्था की जातिगत साज़िश उजागर होती है। आख़िरकार सीवर और सेप्टिक टैंक को साफ़ करने वाले और इसमें मरने वाले 99 फ़ीसद से अधिक दलित समुदाय से हैं।

मैंने यहाँ इस पूरी घटना का ब्यौरा इसलिए दिया है ताकि जब आप अगली बार सेप्टिक टैंक या सीवर में मरने वालों की ख़बर पढ़ें तो आपके ज़ेहन में यह सवाल कौंधे कि पहले आदमी को बचाने के लिए जो दूसरा आदमी गया होगा, वह जानता होगा कि उसकी भी जान जा सकती है, लेकिन वह अपनी आँखों के आगे एक इंसान को, अपने साथी को मरता नहीं देख सकता था। लेकिन बाक़ी सारे समाज के लिए इनका मरना कोई बड़ी घटना नहीं है। तथाकथित सभ्य समाज के लिए ये गंदगी का काम करने वाले लोग हैं, जो गंदगी में ही मरने के लिए अभिशप्त हैं। लिहाज़ा, बहुसंख्य आबादी को अपने साथी शहरी के इस तरह बिना वजह मरने से बहुत फ़र्क नहीं पड़ता। दिल्ली के इस मामले में भी अभी तक सरकार की तरफ़ से न तो 10 लाख का मुआवज़ा मिला है और न ही सरकारी आवास या सरकारी नौकरी की बात शुरू हुई है, जबकि सर्वोच्च न्यायालय के फ़ैसले के मुताबिक़ उन्हें यह सब मिलना ही चाहिए।

घिटोरनी समेत तमाम घटनाएँ भारत के चमचमाते विकास के दावे, स्वच्छ भारत के ढिंढोरे के मुँह पर तमाचा हैं। ये हत्याएँ इस बात की गवाही देती हैं कि हमारे यहाँ स्वच्छता-सफ़ाई का काम किस तरह जाति से बँधा है। साथ ही साथ, ये दुर्घटनाएँ हमें यह भी याद दिलाती हैं कि बाबासाहब भीमराव अम्बेडकर के जाति उन्मूलन के सपने के लिए आज भी लामबंदी कितनी ज़रूरी है।

इंडियन कल्चरल फ़ोरम, 04 अगस्त 2017

# 8.

## चर्चा : 'स्वच्छ भारत अभियान एक पर्दा है'

– बेज़वाड़ा विल्सन

*न्यूज़क्लिक*

मैला ढोने का काम अगर होता ही रहेगा तो स्वच्छ भारत अभियान के क्या मायने हैं! प्रबीर पुरकायस्थ के साथ एक ख़ास चर्चा में बेज़वाड़ा विल्सन बता रहे हैं कि कैसे मैला ढोने का काम तथाकथित निचली जातियों पर थोपा जाता है। स्वच्छ भारत अभियान के तहत जिन नए शौचालयों का निर्माण किया जा रहा है, उनकी सफ़ाई का अतिरिक्त भार भी अंततः मैला ढोने वालों पर ही आएगा। विल्सन के मुताबिक़ सरकार के पास इस समस्या से निपटने के लिए कोई योजना नहीं है। इस क्षेत्र में नई तकनीक न अपनाए जाने से एक ख़ास वर्ग के लोगों का निरंतर शोषण होता ही रहेगा।

हाथ से मैला उठाने वाले कर्मियों के नियोजन का प्रतिषेध और उनका पुनर्वास अधिनियम में एक संशोधन किया गया, जिसके बाद सेप्टिक और सीवर टैंक की सफ़ाई को भी इस क़ानून के तहत लाया गया। इसकी धारा 7 के अनुसार स्थानीय प्राधिकरण या एजेंसियाँ किसी भी कामगार से सीवर या सेप्टिक टैंक की सफ़ाई नहीं करवा सकतीं। इसके बावजूद ज़मीनी हक़ीक़त बेहद ख़राब बनी हुई है।

*   *   *

**प्रबीर पुरकायस्थ :** बेज़वाड़ा विल्सन, चलिए इस परेशानी पर बात करते हैं, जो हमने ही पैदा की है। हमारे सीवर और सेप्टिक टैंक की सफ़ाई करते हुए हर साल लोग मर रहे हैं। इसे लेकर हमारे पास किस तरह के आँकड़े मौजूद हैं?

**बेज़वाड़ा विल्सन :** देखिए, हमारे पास आंकड़े हैं, लेकिन ये कुछ क़स्बों से हैं और मुक़म्मल तौर पर भी नहीं हैं, ज़्यादा से ज़्यादा नमूने या सैंपल की तरह हैं। हाथ से मैला ढोने के ख़िलाफ़ 27 मार्च 2014 के सुप्रीम कोर्ट के फ़ैसले के बाद, सरकार को यह ज़िम्मेदारी सौंपी गई थी कि वह सफ़ाई के दौरान होने वाली मौतों और दुर्घटनाओं की गिनती करे, आँकड़े इकट्ठा करे और मुआवज़े के तौर पर 10 लाख रुपये दे। लेकिन जब हमने [सफ़ाई कर्मचारी आंदोलन (SKA)] सरकार और सरकार के विभागों और मंत्रालयों तक जाना शुरू किया तो हम हैरान थे कि सिवाय एक समेकित सूची यानी कंसोलिडेटेड लिस्ट के, किसी के पास भी इससे जुड़े आँकड़े नहीं थे। हमने आँकड़ों को इकट्ठा करना शुरू किया। हमारी लिस्ट के तहत 1370 मौतें हुई हैं। लेकिन यह फ़ाइनल आँकड़ा नहीं है। यह पिछले दो साल के आँकड़े हैं, जब से हमने आँकड़ों को इकट्ठा करना शुरू किया है। ये वह संख्या है जो हमने मंत्रालय को दी है, लेकिन यह समग्र आँकड़े नहीं हैं।

**प्रबीर :** हाँ, सही आँकड़े इससे कहीं अधिक होंगे। इन मज़दूरों में से सभी नगर निगमों या नगर पालिकाओं के स्थायी कर्मचारी नहीं होते हैं। कई ठेके पर काम करते हैं, कुछ को संयोग से मज़दूरी मिल जाती है तो कई मज़दूरों का कोई अता-पता नहीं होता या ये कह लीजिए कि कोई लिखित ब्यौरा नहीं होता।

**बेज़वाड़ा विल्सन :** महानगरों के सीवेज सिस्टम के साथ आपको ऐसे मज़दूर मिलते हैं जो निगमों के पूर्णकालिक कर्मचारी हैं। सेप्टिक टैंक क्लीनर भी हैं, जिनमें से अधिकांश ठेके वाले मज़दूर हैं, या ऐसे मज़दूर हैं जो मकान मालिकों के लिए प्राइवेट तौर पर काम करते हैं। पहले से ही, नगर पालिकाओं और निगमों में पे-रोल पर काम करने वाले कर्मचारी भी कम संख्या में नहीं हैं। मुंबई, दिल्ली, चेन्नई, अहमदाबाद और भी बहुत सारे शहरों में स्थायी कर्मचारियों की एक बड़ी संख्या है।

**प्रबीर :** आपको नहीं लगता कि केवल सरकार ही नहीं बल्कि लोग भी इन मज़दूरों के प्रति संवदेनहीन हैं? आपको क्या लगता है कि इसकी वजह इन मज़दूरों की जातियाँ और उनके समुदाय हैं, जिनके प्रति लोगों में संवेदनशीलता की कमी है?

**बेज़वाड़ा विल्सन :** हमारे देश में सफ़ाई करने वाले लोगों को जाति के आधार पर काम सौंपा गया है। इसे साफ़ तौर पर देखा जा सकता है और यही वह पहली बात है जो सफ़ाई कर्मचारियों के बारे में किसी भी व्यक्ति को समझनी चाहिए। इन मज़दूरों में भारी संख्या, अछूत समझे जाने वाले लोगों की है। ऐसे माहौल में सब यही सोचते हैं कि अगर कोई

मेहतर उनके घर के पीछे सफ़ाई कर रहा है, तो इसमें ग़लत क्या है? इसी काम के लिए वे बने होते हैं और वे अपना काम कर रहे हैं। यहाँ तक कि इस समुदाय से जुड़े लोग भी ऐसा ही सोचते हैं। चूँकि मैं भी इस समुदाय से जुड़ा हूँ, तो जानता हूँ कि हमारे लोग भी सोचते हैं कि इसके सिवा वह और क्या कर सकते हैं? आख़िरकार, हम इस जाति में पैदा हुए हैं! हम कोई दूसरा काम नहीं कर सकते हैं।

इसके अलावा, अपने पेशे को बदलना बहुत मुश्किल होता है। यह काम हमें आसान लगता है और इस तरह हम वही करते रहते हैं, जो हम करते आ रहे हैं। ऐसे में बाहरी प्रतिरोध का सामना भी बहुत कम करना पड़ता है। इसलिए यह पूरा काम दो नज़रिए पर चलता है, लेकिन सरकार यह सब नहीं सोचती है कि क्या चल रहा है?

**प्रबीर :** क्या आपको लगता है कि जिस कारण से हम इस बारे में नहीं सोचते हैं, उसका एक हिस्सा यह है कि जाति का दृष्टिकोण उन लोगों द्वारा बनाया गया है जो शहरों का निर्माण करते हैं, जो शहरों का विकास करते हैं, जो शहरों के लिए योजनाएँ बनाते हैं? आख़िरकार केवल भारत में ही नहीं बल्कि दुनिया के हर शहर में सीवर और सेप्टिक टैंक हैं, लेकिन यह परेशानी विशेष तौर पर भारतीय क्यों है? क्या यह हमारी जाति-अंधता का हिस्सा है कि हम इस परेशानी को देखना नहीं चाहते हैं?

**बेज़वाड़ा विल्सन :** हम इसे देखना नहीं चाहते हैं और हम इस देश में कुछ लोगों के जीवन की परवाह नहीं करते हैं। अनुच्छेद 21 कहता है कि हमारे पास जीवन का अधिकार है, लेकिन किसके जीवन का अधिकार? कौन-सा समूह, कौन-सा वर्ग, कौन-सी जाति है, जिसे जीवन का अधिकार है? यह साफ़ है कि कुछ लोगों का जीवन दूसरे की तुलना में अधिक मायने रखता है। आम जनता के बीच वे हमेशा कहते हैं कि सभी बराबर हैं लेकिन यह साफ़ है कि कुछ लोग दूसरों के बराबर नहीं हैं। जब सीवर सफ़ाई के दौरान मौतें होती हैं, तो सबसे पहले पैसे फेंककर इसे सुलटाने की कोशिश की जाती है। कोई मर गया तो इसमें बड़ी बात क्या है? सब कुछ निपटाने के लिए जितना पैसा लगेगा, उतना दे दिया जाएगा। कोई नहीं पूछेगा कि यह व्यक्ति कैसे मर गया? हर तरह के विज्ञान और प्रौद्योगिकी की उपलब्धता के बावजूद भी हम ऐसा क्यों कर रहे हैं कि किसी को सीवर में इस तरह उतरना पड़ रहा है कि उसकी मौत हो जाती है!

एक और प्रतिक्रिया यह आती है कि ये लोग गए और मर गए तो इसमें मैं क्या कर सकता हूँ? मेरा सेप्टिक टैंक है, मेरी सीवर लाइन हैं और मैंने इन मज़दूरों को लगाया है।

यहाँ मज़दूर और प्रबंधन के बीच ज़िम्मेदारी वाली अवधारणा भी लागू नहीं होती है। मेहतर आसानी से उपलब्ध हैं। अगर वे सफ़ाई करते समय ग़लती से मर जाते हैं, तो इससे मेरा कोई लेना-देना नहीं है। इसी कारण सफ़ाई कर्मचारी आंदोलन का कहना है कि सीवर सफ़ाई के दौरान होने वाली मौतें, कोई दुर्घटना नहीं हैं। इन्हें जानबूझकर सीवर लाइनों और सेप्टिक टैंकों में मारा जा रहा है। यह जानने के बाद भी कि इस काम के दौरान लोगों की मौत हो जाती है, अब भी इस काम का मशीनीकरण नहीं किया जा रहा है।

इस बिंदु पर ज़ोर देना हमारे लिए ज़रूरी है, आपने ही इन मौतों के लिए परिस्थितियों का निर्माण किया है। इसलिए, जब हम मर जाते हैं तो अपनी सहानुभूति दिखाने मत आइए, क्योंकि इसके लिए आप ही ज़िम्मेदार हैं, और हम इसका राजनीतिक समाधान चाहते हैं।

**प्रबीर :** मतलब यह कि यह न्याय का मसला है न कि दया का।

**बेज़वाड़ा विल्सन :** इस मसले पर मैं दया पर भरोसा नहीं करता और मैं ऐसा सोचता हूँ कि यह समय है कि सरकार इस पर फ़ैसला ले। सरकार इसे बार-बार समाज की परेशानी बताकर वापस समाज में नहीं फेंक सकती। नहीं, जाति कोई सामाजिक परेशानी नहीं है। इसका जन्म भले ही समाज से हुआ हो लेकिन इसका समाधान राजनीति के क्षेत्र से ही आना चाहिए।

**प्रबीर :** स्वच्छ भारत के मुद्दे पर वापस आते हैं, जहाँ सरकार ने कुछ दस करोड़ नए शौचालयों की घोषणा की है। सरकार पैसे वग़ैरह दे रही है, लेकिन क्या शौचालय या पानी के कनेक्शन के लिए उचित सीवेज देने पर कोई विचार किया गया है? अगर यह नहीं होगा तो हम हाथ से मैला सफ़ाई करने पर ही वापस लौट आएँगे। आप इस संदर्भ में स्वच्छ भारत कार्यक्रम को कैसे देखते हैं?

**बेज़वाड़ा विल्सन :** 2 अक्टूबर 2014 को प्रधानमंत्री ने इंडिया गेट से स्वच्छ भारत की घोषणा की। इसके तुरंत बाद इस तरह की धारणा बनती दिखी कि अब से भारत में हर कोई अपने आप को साफ़ कर लेगा। यहाँ जाति-आधारित, पितृसत्तात्मक या ऐसा कुछ भी नहीं रहेगा। यहाँ तक कि प्रधानमंत्री भी सफ़ाई करेंगे। हमने महसूस किया कि हमारे सफ़ाई कर्मचारी आंदोलन को कुछ पैंतीस साल पीछे ले जाया जा रहा था, दुनिया भर में लोगों की आँखें खोलने के लिए हमने जो काम किए थे, वे सारे रद्द हो रहे थे। और मोदी ने परेशानी का एक भी हल निकाले बिना ऐसा कर दिया।

इस देश में शौचालयों का निर्माण कोई बड़ी बात नहीं है, यह लंबे समय से होता आ रहा है। लेकिन वे अब इसे बहुत बड़ी बात बता रहे हैं, उनका कहना है कि 2019 तक बारह करोड़ नए शौचालय बन जाएँगे। मौजूदा शौचालय अच्छी तरह से काम नहीं कर रहे हैं, वे मल का अच्छी तरह से निपटान नहीं करते हैं और पर्याप्त मात्रा में सीवेज ट्रीटमेंट प्लांट भी नहीं हैं। बहुत सारे सीवेज मज़दूरों की मौत इन्हीं कारणों से हुई है। यहाँ हम और बारह करोड़ शौचालय जोड़ने जा रहे हैं। इसका मतलब है कि और बारह करोड़ सेप्टिक टैंक बनाए जाएँगे क्योंकि स्वच्छ भारत अभियान के कई स्थानों पर कोई भूमिगत जल निकासी प्रणाली नहीं बनाई जा रही है। सरकार का तर्क है कि वह एक ही जगह पर दो गड्ढे बनाने जा रही है। जबकि अक्सर यह देखने को मिलता है कि एक भी गड्ढे के लिए जगह नहीं होती है। एक बर्तन तक रखने के लिए बड़ी मुश्किल से जगह मिल पाती है, एक ही जगह पर दो गड्ढे खोदने की बात तो छोड़ ही देनी चाहिए। ये खोखले तर्क हैं।

सरकार ने बहुत अधिक संख्या में छोटे सेप्टिक टैंक बनाए हैं, जिन्हें भविष्य में हाथ से साफ़ करना होगा। इसका मतलब यह है कि जितनी संख्या में छोटे सेप्टिक टैंक होंगे, सफ़ाई करने वालों की ज़िंदगी का जोख़िम उतना ही अधिक बढ़ेगा। इस पर उन्होंने विचार भी नहीं किया है। और पानी का क्या? वे शौचालयों का निर्माण करते समय यह भी नहीं सोचते हैं कि उस जगह पानी की आपूर्ति कैसे होगी, जिस जगह पानी नहीं है।

सरकार लोगों पर एक तरह का बँधा हुआ विचार थोप रही है। लोगों को कई चीज़ों की ज़रूरत है, लेकिन सरकार ने केवल एक ज़रूरत पूरा करने का फ़ैसला किया है, वो है, शौचालय। खाने के लिए भोजन नहीं है, लेकिन शौचालय का उपयोग करना चाहिए। अगर मैं केवल अपने ही लोगों की बात करूँ तो ये शौचालय उनकी समस्याओं को बढ़ाने वाले हैं। यहाँ मौत के अधिक जाल हैं। मुझे पक्के तौर पर लगता है कि सरकार अब तक हमें मारती आ रही है, और भविष्य में भी हमें मारने का प्रावधान कर दिया है।

स्वच्छ भारत नाम ही मुझे परेशान करता है। स्वच्छ भारत एक शुद्ध, प्रदूषण मुक्त भारत का सुझाव देता है, लेकिन यह सफ़ाई करने वालों को प्रदूषण से मुक्ति या स्वतंत्रता प्रदान नहीं करता है। उनके योगदान को कभी मान्यता नहीं मिलती है। यहाँ तक कि योजना की घोषणा होने पर भी उन्हें मान्यता नहीं मिली। चार हज़ार वर्षों से एक विशेष समुदाय इस देश में सफ़ाई का काम कर रहा है और आप उनसे या उनके लिए एक भी शब्द नहीं बोलते हैं। वे इस पेशे को छोड़ना चाहते हैं, ख़ासकर इस पेशे में लगी हुई

महिलाएँ। उन्होंने बाहर आकर सार्वजनिक तौर पर विरोध किया, उन्होंने अपनी टोकरियाँ जला दीं। ऐसे लोग सरकार से पुनर्वास पाने के योग्य हैं, लेकिन सरकार के पास उन्हें देने के लिए कुछ भी नहीं है। सरकार उनके पुनर्वास के लिए तैयार नहीं है। पहले साल 2012-13 में हाथ से मैला ढोने वालों के पुनर्वास के लिए बजटीय आवंटन 570 करोड़ रुपये था। इस साल यानी 2016 में यह 10 करोड़ रुपये है। 2016 के बजट में स्वच्छ भारत के लिए 9000 करोड़ रुपये की घोषणा की गई। यह सारा पैसा शौचालय बनाने के लिए है। हाथ से मैला ढोने वालों के पुनर्वास के लिए नहीं है और उनकी मुक्ति के लिए कुछ भी नहीं है।

**प्रबीर :** सरकार नहीं चाहती कि वे अपना व्यवसाय छोड़ें क्योंकि सरकार द्वारा उठाए गए क़दमों से पनपने वाली समस्याओं से लड़ने के लिए सरकार को इनकी ज़रूरत पड़ेगी?

**बेज़वाड़ा विल्सन :** हाँ, यह आने वाली पीढ़ी को जाल में फँसाने जैसा है। यदि कोई माँ हाथ से मैला ढोना छोड़ती है, तो उसकी बेटी और बहू भी इस पेशे को जारी नहीं रखेंगी। एक महिला अपनी टोकरी जला देती है, यह कोई छोटा इशारा नहीं है। यह चार हज़ार वर्षों से चली आ रही जाति की जकड़न को तोड़ने जैसा है, जिसने लोगों को एक ज़ंजीर की तरह जकड़ लिया है, जो लोगों को जन्म से जाति और जाति से पेशे तक जोड़ता चला आ रहा है। इसलिए एक महिला जब ख़ुद अपनी टोकरी जला देती है तो यह कोई छोटी बात नहीं है, सरकार को आगे आना चाहिए और ऐसी महिलाओं का सम्मान करना चाहिए, उनसे कहना चाहिए कि हम यहाँ आपके लिए हैं, हमें बताएँ कि आप क्या चाहती हैं?

**प्रबीर :** बुरी तरह से मारा जाने वाला दूसरा समुदाय उन लोगों का है जो मृत जानवरों को निकालते हैं। अब हम ऊना और दूसरे जगहों पर देख रहे हैं कि लोगों ने विरोध करना शुरू कर दिया है और कहने लगे हैं कि हम इस पेशे को नहीं अपनाएँगे क्योंकि हमें सताया जा रहा है, गायों की हत्या का आरोपी बनाया जा रहा है। गुजरात में वे कह रहे हैं, आपने हमें इस व्यवसाय से जोड़ दिया है। हमें एक वैकल्पिक व्यवसाय की ज़रूरत है। हमें ज़मीन दो। आप अपनी गाय रख सकते हैं, जिसे आप इतना शुद्ध मानते हैं। क्या आपको लगता है कि इस तरह के पेशे में मजबूरी में लगे लोगों के बीच एक बड़ा गठबंधन होने की गुंजाइश है? क्या आपको लगता है कि ये कुछ ऐसी मांगें हैं जिनके बारे में हमें सोचना चाहिए?

**बेज़वाड़ा विल्सन :** यह बहुत आसान है। ऊना में, प्रदर्शनकारी कह सकते थे कि हमने चार

हज़ार साल से ऐसा किया है, अब तुम्हारी बारी है। अब यह काम आप लोग अगले चालीस साल तक कीजिए। लेकिन उन्होंने ऐसा नहीं कहा। वे कह सकते थे, हम आपके मृत पशुओं के साथ पिछले चार हज़ार साल से काम करते आ रहे हैं। यह समय है कि आप हमारा एहसान वापस कीजिए और हमारे मृत जानवरों के शवों को साफ़ कीजिए। लेकिन उन्होंने यह भी नहीं कहा। वे असमानता को बदले की भावना के तौर पर देखकर उन पर ये नहीं थोपना चाहते, जिन्होंने उनके लिए असमानता वाली व्यवस्था बनाई है। यानी वे जाति जैसी असमानतामूलक व्यवस्था को अपने ऊपर से हटाकर दूसरों पर लागू कर, उसे बरक़रार नहीं रखना चाहते हैं। वे कह रहे हैं कि हमने यह काम लंबे समय तक किया है, हम इसे और नहीं करना चाहते, हम इसका विरोध कर रहे हैं। यह सही बात है। लेकिन जातिवादी समूह इसे स्वीकार करने के लिए तैयार नहीं हैं। वे ज़मीन छोड़ना नहीं चाहते हैं, न ही पेशे को बदलने की अनुमति देते हैं। हम सौदा नहीं करना चाहते कि अदला-बदली की जाए। हमारी स्थिति यह है कि आप हमें बदले में कुछ दें या न दें, हम इस तरह से आगे बढ़ने को तैयार नहीं हैं और अब बस हम यह काम नहीं करेंगे।

**प्रबीर :** क्या आपको गाय के रूप में गौमाता और जाति व्यवस्था के बीच कोई लिंक दिखता है?

**बेज़वाड़ा विल्सन :** बहुत साफ़ तौर से। आप एक तर्कहीनता पैदा करते हैं, इसे हर किसी पर हावी करते हैं और स्वीकार करने के लिए मजबूर करते हैं। आप हमारे जीवन के तर्कसंगत आधार को भी दूर कर रहे हैं। इससे मेरा मतलब है कि इस देश में कितने लोगों को स्वतंत्रता है, कितने लोग यह सोचने की स्थिति में हैं कि हम सभी बराबर हैं!

**प्रबीर :** क्या यह लोगों पर ब्राह्मणवादी व्यवस्था को फिर से थोपने का एक तरीक़ा है?

**बेज़वाड़ा विल्सन :** हाँ, जाति व्यवस्था।

**प्रबीर :** और गाय इसके लिए एक साधन के तौर पर काम कर रही है?

**बेज़वाड़ा विल्सन :** हाँ, अन्यथा गाय क्या है? कुछ भी तो नहीं है। वे ऐसी बातें कह सकते हैं कि गाय मेरी माँ है। लेकिन जब आपकी माँ की मृत्यु हो जाती है, तो आप उसकी लाश मुझ पर क्यों फेंकते हैं और मुझे इसे निपटाने के लिए क्यों कहते हैं? अगर गाय आपकी माँ है, तो उसे अपने पास रखिए, मरने के बाद जो कर्मकांड किए जाते हैं, वो कीजिए। फिर मैं यह मान सकता हूँ कि आप गाय के साथ एक भावनात्मक संबंध रखते हैं, और मैं इस पर विचार करूँगा कि यह आपका निजी मामला है। कोई बात नहीं। लेकिन आप मुझे भरोसा नहीं दिला सकते कि आप क्या करते हैं। यह मजबूरी सचमुच मुझे परेशान

करती है। इसका मेरे अछूत होने से कोई लेना-देना नहीं है। मैं यह नहीं चाहता कि देश की अगली पीढ़ी भी इन तर्कहीन बातों पर भरोसा करे या उसे ऐसी तर्कहीन बातों पर भरोसा करने के लिए मजबूर किया जाए।

न्यूज़क्लिक, 15 अक्टूबर 2016

**9.**

# चर्चा : दलित याददाश्त, कल्पना और राष्ट्रवादी विमर्श पर चिन्नैया जंगम के विचार

इंडियन कल्चरल फ़ोरम

इंडियन कल्चरल फ़ोरम ने दलित्स ऐंड द मेकिंग ऑफ़ मॉडर्न इंडिया (2017) के लेखक और आधुनिक एशिया के सामाजिक तथा बौद्धिक इतिहास पर विशेष पकड़ रखने वाले इतिहासकार चिन्नैया जंगम से ख़ास मुलाकात की। इस बहुआयामी चर्चा में उन्होंने दमन को झेलने और इसके विरोध की दलित परंपराओं के स्वरूप पर बात की। उन्होंने इस बात पर ज़ोर दिया कि भारतीय राष्ट्रवाद के इतिहास में दलित दृष्टि को जोड़ना ज़रूरी है और इसी दृष्टि में वे भीमा कोरेगाँव के संदर्भ को भी सामने रखते हैं। उन्होंने हिंदू दक्षिणपंथ द्वारा अम्बेडकर और गाँधी को हथियाए जाने और अपने असल मंसूबों को छिपाए रखने की साज़िश का भी पर्दाफ़ाश किया।

*　　*　　*

**इंडियन कल्चरल फ़ोरम :** आपने पहले भी दलित समुदाय की सांस्कृतिक स्मृति की बात की है। ग्रामीण इलाक़ों में बँधुआ मज़दूर की तरह काम कर रहे दलितों के ज़मीन से रिश्तों के बारे में बात करते हुए हमें लेखक बामा की याद आती है। शहर में बसने वाले दलितों के लिए यदि इन स्मृतियों की जगह दूसरी स्मृतियाँ आ जाती हैं तो वे कैसी होती हैं?

**चिन्नैया जंगम :** ऐतिहासिक तौर पर दलितों को लिखने की संस्कृति में प्रवेश की अनुमति नहीं थी। वे अपनी संस्कृति और अस्मिता को केवल निजी या सामूहिक रूप से सामाजिक स्मृति

में ही सहेज सकते थे। दलितों के लिए स्मृति एक रक्षा कवच की तरह काम करती है और यह कवच अपने को दो रूपों में व्यक्त करता है।

पहला, दलितों को निजी स्तर पर ब्राह्मणवाद, जातिवाद, घृणास्पद शारीरिक और मानसिक प्रहारों को झेलना व उनसे उबरना पड़ता है। वे अमानवीय परिस्थितियों में रहते हुए, इन निजी अनुभवों को अपने शरीके और कुनबे से साझा करते हैं ताकि इस बेइज़्ज़ती और दमन को झेलने के उपाय खोज सकें। इसी के तहत वे व्यंग्यात्मक और विद्रोही गीत रचते हैं। ऐसे संगीत और क़िस्से जो उनके दमनकारियों की भ्रामक और दोग़ली प्रवृति का पर्दाफ़ाश करते हैं।

दूसरा, सामूहिक स्मृति के आख्यान और प्रस्तुति का काम सैटलाइट जातियाँ करती हैं। जैसे तेलंगाना की मादिगा जाति की 'आश्रित' चिंदु जाति। सभी दलित जातियों की आश्रित जातियाँ होती हैं, जिनका प्राथमिक कार्य होता है, आश्रयदाता जातियों के इतिहास का बखान और उन्हें पेश करना। सैटलाइट जातियाँ दलितों के उस वैकल्पिक इतिहास का आख्यान करती हैं, जो इतिहास की ब्राह्मणवादी व्याख्या का प्रतिकार करता है। ये जातियाँ जातिवादी असमानता और भेदभाव को चुनौती देती हैं और ब्राह्मणवाद की वजह से मानव जीवन की जो दुर्गति होती है, उसे भी दर्शाती हैं। दलितों को उनके ग़ैर-ब्राह्मणवादी, जाति-विरोधी सामंतवादी इतिहास से जोड़ती हैं। मौखिक परंपरा, लोक कथाओं और प्रस्तुतियों के ज़रिए दलित इतिहास, ब्राह्मणवादी पुराणों और साथ ही साथ महाभारत व रामायण के ब्राह्मणवादी अनुवादों के वर्चस्व को ख़त्म करता है। शोषितों के नज़रिए से लिखे दलित रामायणों में रावण नायक की तरह उभरता है। इस तरह निजी और सामूहिक स्मृति के ज़रिए दलित कल्पना से, जाति-विरोधी और ब्राह्मणवाद से इतर एक परंपरा का निर्माण होता है।

शहरी दलित अमूमन ग्रामीण इलाक़ों से आए प्रवासी ही होते हैं। भेदभाव की स्मृतियाँ उन्हें लगातार सताती रहती हैं। उनके कुनबे को गाँवों में जो यातनाएं झेलनी पड़ती हैं, वे इनकी (सामाजिक) सक्रियता को गति देते हैं। इसके अलावा किसी ग़ैर-दलित को वे तमाम जातीय भेदभाव और सूक्ष्म ज़लालतें दिखाई नहीं देतीं, जो एक दलित के जा-ब-जा मौजूद होती हैं, जो उसकी दैनिक व्याकुलता की वजह होती हैं।

**आईसीएफ :** भीमा कोरेगाँव सालगिरह 'राष्ट्रवादी' विमर्श को जटिल कर देती है क्योंकि यह सामान्यत: प्रचलित अंग्रेज़ों के ख़िलाफ़ लड़ाई के विरुद्ध जाकर पेशवाई के ख़िलाफ़

लड़ाई के साक्ष्य सामने रखती है। इस विषय में आपके क्या विचार हैं?

**सीजे :** इसी संदर्भ में मेरी किताब *दलित्स ऐंड द मेकिंग ऑफ़ मॉडर्न इंडिया* का एक विशेष योगदान है। इसने राष्ट्रवाद के एकरूपीय विमर्श को चुनौती दी और उसे जटिल बनाया। राष्ट्रवाद को हमें बहुआयामी विमर्श के तौर पर देखना चाहिए। इसके एकरूपीय विमर्श का ख़तरा यह है कि इसका फ़ायदा दक्षिणपंथी उच्च जाति के हिंदू रूढ़िवादी उठाने लगते हैं। यही वजह है कि हाल ही में उफ़ान चढ़ा हिंदू दक्षिणपंथ, भारत में आम लोगों की कल्पना को राष्ट्रवाद के नाम पर हथियाने में सफल हो पाया है, जबकि इन्होंने असल उपनिवेशवाद-विरोधी राष्ट्रवाद में सबसे कम योगदान दिया है – चाहे वह विचार के स्तर पर हो या भागीदारी के स्तर पर।

मेरे हिसाब से तथाकथित उच्च जाति के हिंदुओं द्वारा जिस मुख्यधारा के राष्ट्रवाद की व्याख्या की जाती है, वह हिंदू ब्राह्मणवादी सोच से प्रेरित है और दलित बुद्धिजीवी तथा कार्यकर्ता इसके निहितार्थ उजागर करते हैं। ज्योतिबा फुले, अम्बेडकर और अन्य जाति-विरोधी लोगों ने इस बात की ओर इशारा किया कि पूरे ब्रिटिश भारत में उपनिवेशवाद और ब्राह्मणवाद के बीच गठजोड़ था। उनके लिए उपनिवेशवादी राज्य और तथाकथित उच्च जाति के हिंदू संभ्रांत, दोनों ही उत्पीड़न के समान ढाँचे का प्रतिनिधित्व करते थे। दलितों के नज़रिए से भौतिक संपत्ति का निषेध और ज़हनी आज़ादी उपनिवेशवाद से पहले की स्थिति है, लेकिन उपनिवेशवाद ने ब्राह्मणवादी ढाँचे को अपनाया और हिंदू संभ्रांत लोगों का अपनी योजना में समावेश कर, शासन कर पाए। लेकिन जाति और छुआछूत के सामाजिक सत्य की वजह से उपनिवेशवाद के लिए एक नैतिक संकट पैदा हुआ, इसके 'सभ्यता फैलाने के आदर्श' (ईसाई नैतिकता और उदार दर्शन) की वजह से। चूँकि उपनिवेशवाद को सही साबित करने के लिए सभ्यता फैलाने के मिशन को एक विचारधारात्मक हथियार के तौर पर प्रयोग किया गया, इसलिए उन्हें यह मजबूरन स्वीकार करना पड़ा कि दलितों को अन्याय झेलना पड़ता है। उपनिवेशवाद की योजना कोई मानवतावादी योजना नहीं थी, यह पूरी तरह से आर्थिक शक्ति संबंध था, जिसमें दलितों को हाशिए पर रखा गया था। लेकिन फिर भी उन्हें दलितों की पराधीनता की ओर ध्यान देना ही पड़ा। उपनिवेशवाद के जाने-अनजाने परिणामों में से एक था, शिक्षा का समाज के सबसे निचले तबक़ों जैसे कि दलितों तक पहुँचना। शिक्षा तक इस पहुँच ने जातिगत पेशों से अलग रोज़गार के नए अवसर खोले, जो उन्हें अधिकारों की दुनिया के क़रीब

ले गए। उपनिवेशवादी आधुनिकता के पटल पर दलितों ने ख़ुद को संगठित किया और उपनिवेशवाद तथा राष्ट्रवाद के मायने बदल दिए। दलितों के लिए उपनिवेशवाद का अर्थ वह नहीं जो तथाकथित उच्च जाति हिंदुओं के लिए है। इसी संदर्भ में भीमा कोरेगाँव, दलित अनुभव का प्रतिनिधित्व करता है – जहाँ उन्होंने एक ऐसे ब्राह्मणवादी पेशवाई के शोषण के ख़िलाफ़ लड़ाई लड़ी, जिसके अधीन वे इंसान नहीं समझे जाते थे। इसलिए उपनिवेशवाद के अर्थ की जटिलता को जातिगत अनुभवों के चश्मे से देखना ज़रूरी है, जो इसका एक वैकल्पिक इतिहास पेश करता है।

**आईसीएफ :** यह विडंबना है कि जैसे-जैसे दक्षिणपंथी राष्ट्रवादी विमर्श की ताक़त बढ़ रही है वैसे-वैसे उपनिवेशवाद विरोधी राष्ट्रवाद के विकास से दलितों के योगदान को निकाला जा रहा है। क्या आप इससे सहमत हैं?

**सीजे :** यह सही है कि हिंदू राष्ट्रवाद के मज़बूत होने के साथ-साथ दलितों की सामाजिकता और कल्पना शक्ति को बर्बरता से सीमित करने का प्रयास किया जा रहा है। लेकिन उपनिवेशवाद विरोधी दौर में भी हिंदू अधिकारों वाली राष्ट्रवादी सोच हाशिए पर थी। तथाकथित उच्च जाति के हिंदुओं द्वारा व्याख्यायित राष्ट्रवादी सोच की जो धारा उस समय हावी थी, वो हालाँकि ब्राह्मणवादी मानसिकता से भरी थी, लेकिन फिर भी वे एक समतावादी मूल्यों वाले धर्मनिरपेक्ष और विस्तृत राष्ट्र के लिए खड़े थे। वे ज़्यादा ग्रहणशील थे और उन्होंने दलितों द्वारा राष्ट्रवादी राजनीति की आलोचना के भी उत्तर दिए। उन्होंने माना कि भारत की संकल्पना के केंद्र में ही दलित कल्पना है। अगर ऐसा नहीं होता तो जाति विरोधी नैतिकता और उदार दर्शन का उपयोग करते हुए संविधान का मसौदा तैयार करने में अम्बेडकर की भूमिका को कैसे समझ सकते थे? हिंदू दक्षिणपंथ अब अपने संगी ब्राह्मणवादी एजेंडे के साथ मिलकर अम्बेडकर के विचारों को नष्ट करने, उसे अवैध क़रार देने, और दलितों की व्यक्तिपरकता तथा आधुनिक भारत में उनकी भूमिका को मिटाने की कोशिश कर रहा है।

**आईसीएफ :** क्या आप अम्बेडकर को पुनः समझने की तमाम कोशिशों, जिनमें 'हथियाए जाने' के प्रयास भी शामिल हैं, पर कुछ कहना चाहेंगे?

**सीजे :** नैतिक रूप से, कट्टरपंथी दर्शन वास्तविकता की बजाए वाक्पटुता के सहारे खड़े होते हैं। अपनी नैतिक शून्यता की वजह से यह अपने एजेंडे को आगे बढ़ाने के लिए तमाम मौजूद विचारधाराओं और अवसरों को इस्तेमाल करने की ताक़ में रहते हैं। यह कोई

अचंभे की बात नहीं कि हिंदू दक्षिणपंथ अपने राजनीतिक अवतार में बी.आर. अम्बेडकर और एम.के. गाँधी जैसी दो बेहद प्रभावशाली हस्तियों को हथियाने की कोशिश कर रहा है। अम्बेडकर को हथियाया जाना बहुत ही अजीब है क्योंकि एक जाति विरोधी दार्शनिक के रूप में अम्बेडकर का मानना था कि जाति को तभी ख़त्म किया जा सकता है जब हिंदू धर्म के धार्मिक और विचारधारात्मक आधार को बर्बाद कर दिया जाए। हिंदू दक्षिणपंथ द्वारा अम्बेडकर को हथियाया जाना, व्यवहार और विचार दोनों स्तर पर, असहज है। जैसा कि हाल में दलितों द्वारा हुए विरोध प्रदर्शनों और अभिव्यक्तियों से स्पष्ट होता है कि हिंदू दक्षिणपंथ ने फिलहाल भले ही दलित समूह में थोड़ी बहुत जगह बना ली हो, लेकिन वृहत स्तर पर यह हमेशा दलितों के कल्याण और उनके अस्तित्व के ख़िलाफ़ ही खड़ा रहता है।

गाँधी को हथियाए जाने के प्रयास में प्रधानमंत्री नरेन्द्र मोदी, गाँधी के समन्वयवादी और सहिष्णुता के आदर्शों का मज़ाक उड़ा देते हैं। उनके पास गाँधीवादी होने का पाखंड करने के अलावा और कोई चारा नहीं, क्योंकि गाँधी दुनिया भर में अहिंसा का प्रतीक हैं और भारत के दूत के रूप जाने जाते हैं। हिंदू दक्षिणपंथ की अम्बेडकर के दर्शन या गाँधी के आदर्शों के साथ, किसी तरह की नैतिक वचनबद्धता नहीं है, लेकिन वे राजनीतिक व्यावहारिकता और सार्वभौमिक साख के कारण, इन्हें हथियाने और अपने असल इरादों को छिपाए रखने के लिए मजबूर हैं।

*इंडियन कल्चरल फ़ोरम, 24 अप्रैल 2018*

**10.**

# दलित अधिकार-चेतना से जुड़ा शब्द है

अनिल चमड़िया

भाजपा सरकार की आदत सी है, फ़रमान जारी करना। इसी कड़ी में सरकार ने मीडिया को एक सर्कुलर के माध्यम से अपनी रिपोर्टों में 'दलित' शब्द इस्तेमाल न करने की हिदायत दी थी। शब्दों का जन्म हवा में नहीं होता। उनका अपना एक इतिहास होता है। वे मात्र कुछ अक्षर नहीं बल्कि अभिव्यक्ति की कहानी होते हैं। 'दलित' शब्द भी कुछ अक्षरों के मिलन से नहीं बल्कि संघर्षों से जन्मा है। उस पर पहले भी अनेक हमले हुए हैं और शायद होते भी रहेंगे क्योंकि ब्राह्मणवादी व्यवस्था भाषा को अपने हिसाब से ढालना चाहती है। अनिल चमड़िया इस लेख में 'दलित' शब्द के इतिहास, उसकी परिकल्पना और संघर्ष पर नज़र डाल रहे हैं।

*    *    *

मीडिया पर कई शोध हुए हैं जिनमें ये तथ्य सामने आया है कि मीडिया में सरकारी शब्दों और भाषा का चलन लगातार बढ़ा है। 'दलित' शब्द का इस्तेमाल नहीं करने का सुझाव भी मीडिया में सरकारी दख़ल का विस्तार है। समाज की तमाम गतिविधियों को चलाने के लिए विभिन्न संस्थाएँ होती हैं और हर संस्था अपने चरित्र के अनुसार अपनी भाषा व शब्दावलियाँ तैयार करती है।

'दलित' शब्द सरकार का शब्द हो ही नहीं सकता है। यह एक राजनीतिक चेतना से लैस अर्थों वाला शब्द है। जब ब्रिटिश सत्ता के विरोध में आंदोलन चल रहे थे तब काँग्रेस इस शब्द का इस्तेमाल करने लगी थी। महात्मा गाँधी ने अछूत शूद्रों के लिए एक नया शब्द 'हरिजन' तैयार किया था, लेकिन डॉ. अम्बेडकर का भारतीय राजनीति पर इतना गहरा

प्रभाव पड़ा कि काँग्रेस 'अछूत' की जगह 'दलित' शब्द का इस्तेमाल करने के लिए बाध्य हुई। पार्टी के अध्यक्ष पट्टाभि सीतारमैया द्वारा लिखित *काँग्रेस का इतिहास* 1935 में छपकर आया तो उसमें 'दलित' शब्द की भरमार थी। इस पुस्तक के परिशिष्ट 9-10 में 'दलित जातियाँ' शीर्षक से सुरक्षित निर्वाचन के संबंध में काँग्रेस ने अपनी राय स्पष्ट की है। यहाँ तक कि 'दलित जातियों की स्थिति' शीर्षक से एक अन्य स्पष्टीकरण में काँग्रेस ने स्त्रियों का भी उल्लेख किया है।

पहली बात यह है कि सामाजिक और आर्थिक व्यवस्था में पिसने वाले हरेक को दलित के व्यापक अर्थों में लिया जाता रहा है। शूद्र वे भी कहे जाते थे जिन्हें सरकारी शब्दावली में 'पिछड़ा' कहा जाने लगा है। शब्दों में गति होती है, उनके अर्थ सिमटते भी हैं और उनका विस्तार भी होता है। 'दलित' शब्द एक अर्थ में अगर सिमटा है तो दूसरे स्तर पर उसका विस्तार भी हुआ है। मसलन, दलित से अर्थ उन जातियों के समूह से लगाया जाने लगा है, जिन्हें सरकारी दस्तावेज़ में अनुसूचित जाति माना गया है और उसका विस्तार इस रूप में है कि उसमें अधिकार का बोध और भविष्य के प्रति सामूहिक चेतना की गति जुड़ी है। महात्मा गाँधी ने जब शूद्रों में अछूतों के लिए 'हरिजन' शब्द का इस्तेमाल किया तो वह हिंदू पौराणिक कथाओं से प्रेरित भावना थी, जिसमें सबरी के बेर खाने के मिथक को, राम की महानता के रूप में स्थापित करने की कोशिश की गई है। गाँधी, हरिजन शब्द के ज़रिए डॉ. अम्बेडकर के दलितों को एक सहानुभूति के दायरे में बाँधने की कोशिश कर रहे थे। लेकिन ब्रिटिश सत्ता के ख़िलाफ़ आंदोलन और संविधान के लागू होने के बाद अपने अधिकारों का बोध और स्वतंत्रता की चेतना का जो विस्फोट हुआ, वह 'दलित' के ज़रिए ही अपना विस्तार कर सकता था। आज यही शब्द चेतना के नए तेवर और आकांक्षाओं को संबोधित कर सकता है।

जिस राजनीतिक दिशा में लोगों को ले जाना होता है, उसका रास्ता शब्दों से ही बना होता है। अगर राजनीतिक पार्टियों की शब्दावलियों का अध्ययन करें तो ये स्पष्ट हो सकता है। अध्ययन करें कि राष्ट्रीय स्वंय सेवक संघ ने दलित शब्द का इस्तेमाल करना कब से शुरू किया? उसका ज़ोर यदि 'वंचित' शब्द पर होता है तो इसके क्या निहितार्थ हैं? 'वंचित' अधिकार बोध और चेतना को संबोधित नहीं करता है। बतौर उदाहरण, भाजपा, झारखंड की जगह 'वनांचल' नाम देना चाहती थी। ये राजनीतिक प्रवृतियों को समझने के उदाहरण माल हैं।

इसीलिए यह समझना मुश्किल नहीं हैं कि किस तरह की राजनीति को शब्दों के इस्तेमाल

पर रोक की ज़रूरत होती है। शब्द राजनीतिक युद्ध के सबसे महत्वपूर्ण औज़ार होते हैं। उन्हें बदल दिया जाता है या अपने अर्थों के अनुकूल ढाल देने की कोशिश की जाती है। लेकिन जब आंदोलन अपने शब्दों को छोड़ने के लिए तैयार नहीं होता है तो सत्ता उन्हें दूसरे तरह से अपने अर्थों में ढालने की कोशिश शुरू कर देती है। उत्तराखंड को जब आंदोलनकारियों ने नहीं छोड़ा तो उत्तराखंड के भीतर समाहित अर्थों को 'उत्तरांचल' में तब्दील करने की प्रक्रिया देखी गई।

शब्द उनके लिए बेहद महत्वपूर्ण होते हैं, जो आने वाली पीढ़ियों के लिए सत्ता की नींव को मज़बूत करना चाहते हैं। इसीलिए ऐसी राजनीतिक संस्कृति के पक्षधर चिह्नों, प्रतीकों, रंगों जैसी चीज़ों पर अपनी ऊर्जा सबसे ज़्यादा ख़र्च करते हैं और युद्ध भी लड़ने को तैयार होते हैं।

'दलित' शब्द का इस्तेमाल नहीं करने की सलाह को झटपट मानकर केन्द्र सरकार द्वारा परिपत्र जारी करने की घटना आश्चर्यजनक नहीं है। यह न्यायालय के प्रति आज्ञाकारिता का उदाहरण नहीं बल्कि अपनी राजनीतिक अनुकूलता लागू करने की तत्परता है। न्यायालय से पहले सामाजिक न्याय मंत्रालय भी इस तरह के परिपत्र जारी कर चुका है। भारतीय राजनीतिक पार्टियाँ चूँकि हिंदुत्व के इर्द-गिर्द घूम रही हैं इसीलिए वे सांस्कृतिक स्तर पर सत्ता द्वारा किए जा रहे बारीक़ बदलाव के प्रति संवेदनशील नहीं हो सकती हैं। लेकिन हर आंदोलन, जैसे दलित आंदोलन, के लिए यह बेहद ज़रूरी है कि वह सांस्कृतिक स्तर पर अपनी उपलब्धियों पर हो रहे हमलों के प्रति संवेदनशीलता का भी परिचय दें और दृढ़ता का भी प्रदर्शन करें।

भाजपा सरकार ने झारखंड की राजधानी राँची के चौराहे पर लगी बिरसा मुंडा की प्रतिमा को बदल दिया। बिरसा मुंडा ने ब्रिटिश हुकूमत को हिलाकर रख दिया था क्योंकि वह आदिवासियों के संसाधनों को अपने क़ब्ज़े में ले रही थी। उन्होंने ब्रिटिश हुकूमत को बराबरी की टक्कर दी। ब्रिटिशों से सत्ता हस्तांतरित होने के बाद बिरसा मुंडा की प्रतिमाएँ लगाई गईं और उन्हें बेड़ियों से जकड़ी अवस्था में दिखाया गया। लेकिन 2016 में भाजपा के नेतृत्व वाली सरकार के मुख्यमंत्री रघुवर दास ने निर्देश दिया कि झारखंड में बिरसा मुंडा की जितनी भी प्रतिमाएँ लगी हैं, उन्हें बेड़ियों से मुक्त किया जाए। क्योंकि 'ज़ंजीरों से जकड़ी बिरसा मुंडा की प्रतिमाएँ युवाओं पर नकारात्मक प्रभाव डालती हैं।' जबकि झारखंड में युवा इस प्रतिमा से यह अर्थ लगाते हैं कि उनके लिए यह आज़ादी नाकाफ़ी है और यह उन्हें बिरसा मुंडा की

तरह बलिदान के लिए प्रेरित कर सकती है। झारखंड में ब्रिटिश सत्ता द्वारा आदिवासियों के संसाधनों पर क़ब्ज़े का जो सिलसिला चला, क्या वह रुक पाया है? आंदोलन के शब्द, प्रतीक, चिह्न सत्ता को परेशान करते हैं। भाजपा भूख से मरने वाले हालात में शाइनिंग इंडिया के प्रचार के सकारात्मक प्रभाव डालने वाले विज्ञापन के रूप में व्याख्या करती है, लिहाज़ा, वह 'दलित' शब्द व बिरसा मुंडा की बेड़ियों में जकड़ी तस्वीरों को कैसे स्वीकार कर सकती है!

रही बात संवैधानिक संस्थाओं के फ़ैसलों और निर्देशों की तो इस बारे में निश्चित रूप से कहा जा सकता है कि इस वक़्त न्यायाधीश फ़ैसले सुना रहे हैं, अदालतें फ़ैसले नहीं कर रही हैं। इसका अर्थ यह होता है कि ग़ैर-बराबरी वाली सामाजिक सत्ता समानता की पक्षधर संवैधानिक संस्थाओं का इस्तेमाल कर रही है।

सामाजिक सत्ता, जिसे संविधान की भावनाओं के ज़रिए बराबरी के स्तर पर लाना था, उस सत्ता की लड़ाई संवैधानिक सत्ता के साथ जारी है। तभी ऐसे फ़ैसलों के ख़िलाफ़ लोगों को संघर्ष के लिए उतरना पड़ता है।

न्यूज़क्लिक, 07 सितम्बर 2018

**11.**

## चर्चा : 'ज़मीन जोतने वाले को मिले, ताक़तवर सरमायेदारों को नहीं'

– जिग्नेश मेवाणी

*न्यूज़क्लिक और कम्युनलिज़्म कॉम्बैट*

ऊना संघर्ष के दौरान गुजरात के दलितों को जिन चुनौतियों का सामना करना पड़ा, उनके बारे में पी.जी.अम्बेडकर और प्रांजल के साथ बात करते हुए जिग्नेश मेवाणी बता रहे हैं कि दलित अधिकारों की लड़ाई ने किस तरह गति पकड़ी और उस गति को बनाए रखा। जब दलितों ने 2017 के वाइब्रेंट गुजरात ग्लोबल इन्वेस्टर्स समिट को रोकने की धमकी दी, तब जाकर वे कोई 300 एकड़ ज़मीन का क़ब्ज़ा पाने में कामयाब हुए।

मेवाणी का उन दलित समूहों के प्रति आलोचनात्मक रुख़ है, जो भूमि के और मुख्य उद्योगों के राष्ट्रीयकरण के मसले पर अम्बेडकर के मूलगामी विचारों को आगे नहीं बढ़ाते। उन्होंने मौजूदा राजनीतिक संदर्भ में पूरे देश के दलितों के सामने उपस्थित चुनौतियों पर, और दक्षिणपंथी ताक़तों को शिकस्त देने के लिए वृहत्तर मोर्चा बनाए जाने की ज़रूरत पर भी बात की। बातचीत 25 मई 2017 की है, इसलिए आसन्न गुजरात चुनाव और दो साल बाद होने वाले संसदीय चुनावों पर भी कुछ बातें हैं, जिन्हें ज्यों-का-त्यों रखा गया है।

*     *     *

**प्रांजल** : ऊना आंदोलन में एक नारा दिया गया था - 'गाय की पूँछ तुम रखो, हमें हमारी ज़मीन दो', आंदोलन इस नारे को आगे ले जाने में किस हद तक कामयाब हुआ है? यह सवाल इसलिए उठता है क्योंकि जब ऊना आंदोलन चल रहा था, तब बहुत से लोगों ने

अपना जातिगत पेशा छोड़ा और आंदोलन से जुड़े। पर अब हालात क्या हैं?

**जिग्नेश :** जो ज़मीन का सवाल है, भूमि का सवाल, वो कास्ट के सवाल के साथ बहुत क्लोज़ली लिंक्ड है। हर जगह मैं कहता हूँ, ऐसे ही आपसे भी कहूँगा, भारतवर्ष में ज़मींदार कौन बनेगा और भूमिहीन कौन रहेगा, यह जाति से तय होता है। यानी कि मेरे इस देश में मैला उठाना, गटर में उतरना, झाड़ू लगाना, मृत पशु के चमड़े निकालने का काम करना, या भूमिहीन खेत-मज़दूर होना, ये जो मेरी क्लास पोजीशन है, यह जाति व्यवस्था का नतीजा है। तो मुझे उससे मुक्त होना है। दूसरे, अपर कास्ट का जो डॉमिनेंस है गाँव में, वह मुख्यतः भूमि पर नियंत्रण की वजह से है, तो लैंड डिस्ट्रीब्यूशन अगर होता है तो उनकी ग्रिप थोड़ी कम होगी। जाति निर्मूलन हो जाए, ऐसा मेरा क्लेम नहीं है। जाति निर्मूलन की दिशा में एक क़दम ज़रूर लेना होगा, और ये क़दम बहुत मायने रखेगा। लेकिन उसके साथ-साथ हम देखें तो कहीं न कहीं ज़मीन के सवाल को लेकर ढंग से लड़ने के मामले में, हम, बतौर दलित आंदोलन, बहुत लेट हैं। 53 में डॉक्टर बाबासाहब अम्बेडकर को अहसास हुआ था कि गाँव में बसने वाले भूमिहीन दलितों का सवाल जिस तरह से उठाना चाहिए था, उसमें वह ख़ुद भी थोड़ा लेट रहे, तो फिर उन्होंने अपने साथी दादासाहेब गायकवाड़ को कहा और फिर महाराष्ट्र के मराठवाड़ा, खानदेश वगैरह में लैंड स्ट्रगल हुई और 63-64 तक इतनी ज़बरदस्त भूमि की लड़ाई हुई, भूमि सत्याग्रह हुआ, दादासाहेब गायकवाड़ की अगुवाई में, कि क़रीब 3,60,000 लोग जेल गए और 3,90,000 एकड़ ज़मीन के टाइटल्स मिले। अब ज़मीन की डिमांड हम लोग उस वक़्त कर रहे हैं, जब जोतने वाले की ज़मीन पहले ही बड़े उद्योगपतियों की ज़मीन बन चुकी है, जब भूमि-सुधार एजेंडा ही नहीं है, ज़मीन का कॉर्पोरेटीकरण प्राथमिकता में है। तो ऐसे वक़्त पर ज़मीन की डिमांड करना बहुत ही मुश्किल काम है, और सचमुच में ज़मीन पर क़ब्ज़ा मिले तो . . . ज़मीन का मामला जब दलित से जुड़ा हो तो वहाँ हिंसा और खून-ख़राबे के अलावा कुछ नहीं होता। और जिस तरह से दलित आंदोलन में क्लास इश्यूज़ बहुत ही पीछे चले गए हैं, उसकी जम कर बात नहीं होती तो उस मक़सद से हमने ये नारा दिया था कि 'गाय की पूँछ तुम रखो, हमें हमारी ज़मीन दो' और फिर उस नारे को क़रीब दस महीने होने आए, और ऊना के एक साल को भी ज़्यादा दूरी नहीं है, तो उस दौरान सुरिन्द्र नगर डिस्ट्रिक्ट, अहमदाबाद डिस्ट्रिक्ट और थोड़ा-बहुत कच्छ डिस्ट्रिक्ट में हमने लैंड स्ट्रगल की, जिसकी एक स्पष्ट सफलता ये मिली कि इस बार जो वाइब्रेंट गुजरात ग्लोबल इन्वेस्टर्स समिट

हुआ, जिसमें हर दो साल पर मोदी जी रेड कार्पेट बिछाते हैं, देशी-विदेशी कंपनियों के लिए, और फिर जनता को उल्लू बनाते हैं, तो हम लोगों ने ऐसा कॉल दिया था कि अहमदाबाद ज़िले के कुछ गाँव में दलितों को जो ज़मीन का आवंटन हुआ है कागज़ पर, वो क़रीब एक हज़ार बीघा है, उसका पोसेशन नहीं दिया, तो मैं मोदी के काफ़िले का रास्ता रोकूँगा, उनकी गाड़ी के आगे सो जाऊँगा। तो 8 दिन के अंदर हम लोगों को 300 एकड़ ज़मीन का, 650 बीघा ज़मीन का पोसेशन मिल गया। वो एक बहुत ही स्पष्ट कामयाबी है। लेकिन मैं ऐसा मानता हूँ, आपका जो सवाल था, देखिए, इस नारे की कामयाबी को इससे नहीं तोलना है कि मैं और मेरी टीम क्या कर रही है – गुजरात के दूसरे पॉकेट्स में जहाँ पर हम लोग इन्वॉल्व्ड नहीं हैं, हम लोगों की टीम, राष्ट्रीय अधिकार मंच नाम का ग्रुप मैंने फॉर्म किया है, और गुजरात के बाहर भी ये नारा, केवल लोगों की ज़ुबाँ के ऊपर है, लोगों को बहुत कैची लगे और इसलिए लोग गुनगुनाएँ, उससे मज़ा लें, सिर्फ़ वहाँ तक बात नहीं रहनी चाहिए – लोगों को सचमुच भूमि-संघर्ष में शामिल होना चाहिए। और वो क़रीब-क़रीब न के बराबर मैं देख रहा हूँ, इस रूप में यह बहुत निराशाजनक है।

**पी. जी. अम्बेडकर :** दलितों की लड़ाई जारी है, यह सुनना सुखद है, लेकिन जब दलित अपने अधिकारों का दावा करते हैं तो उनका दमन भी होता है। मिसाल के लिए, ऊना की कार्रवाई के तुरंत बाद एक निर्वाचित सरपंच की हत्या हुई थी। तो क्या दमन अभी भी जारी है? दलित आंदोलन अपनी हिफ़ाज़त करने में कैसे सक्षम है, किस तरह भीम आर्मी ने इसे समझा कि अगर दलित अपने को बचाने के लिए एक साथ नहीं आए तो राज्य उन्हें बचाने वाला नहीं है। क्या इस तरह से सोचने-विचारने की दिशा में कुछ चल रहा है?

**जिग्रेश :** देखिए, महाड़ सत्याग्रह से लेकर ऊना तक, दलित आंदोलन के पूरे इतिहास पर अगर आप विचार करें तो पता चलेगा कि जब भी दलितों ने बड़े प्रदर्शन, रैलियाँ, आंदोलन चलाए हैं, अधिकार की दावेदारी की है, उनके साथ ज़बरदस्त बर्बरता की गई है। शायद यही कारण है कि आनंद तेलतुम्बड़े जैसे स्कॉलर्स यह प्रस्तावित करते हैं कि शॉक ट्रीटमेंट देने का समय आ गया है। यानी जो कास्टिस्ट एलिमेंट्स दलितों को मारते हैं, उनको थोड़ा शारीरिक रूप से मज़ा चखाना चाहिए, तो शायद उनका इस नतीज़े पर पहुँचने का कारण ये भी हो सकता है। वे जब भी अधिकार की दावेदारी की कोशिश करते हैं तो ये हर जगह हम लोगों ने देखा है। इन फैक्ट, ऊना के बाद, जो मृत पशु के निकाल का काम छोड़ने की शपथ ली गई, हम लोगों के पूरे कैंपेन के दौरान 70-80 हज़ार लोगों ने शपथ ली होगी,

केवल नॉर्थ गुजरात में ही 22 के क़रीब गाँव हैं जिन लोगों ने ये मृत पशु के निकाल का काम छोड़ दिया है। तो उसमें भी हम लोगों ने एक चीज़ नोटिस की, क़रीब 6-7 उदाहरण ऐसे भी हमारी नज़र में आए हैं जहाँ ये काम नहीं करने की वजह से दलितों को मारा गया है। एक तरह से, बाबासाहब के शब्दों में यह प्रतिक्रांति है। लेकिन उसका एक सकारात्मक पहलू ये भी है कि प्रतिक्रांति तभी होगी जब किसी तरह की क्रांति हो रही हो।

**प्रांजल :** ये जिन आँकड़ों की आपने बात की, कि इतने लोगों ने अपना जातिगत पेशा छोड़ दिया, तो उनके पुनर्वास के काम को आप कैसे अंजाम देते हैं? वो अब क्या काम कर रहे हैं, क्योंकि पीढ़ी दर पीढ़ी वे यही काम करते आए हैं, शिक्षा का स्तर भी उतना अच्छा नहीं रहा है, तो उनके रोज़गार की नई चुनौतियाँ सामने हैं। उनको आप कैसे टैकल कर रहे हैं?

**जिग्नेश :** देखिए, उसके दो-तीन पहलू हैं, एक तो समाज में ऐसी धारणा है कि जो लोग मृत पशु के निकाल का काम करते हैं, वही उनके अर्थोपार्जन का, उनके सर्वाइवल का एकमात्र स्रोत है, वैसा नहीं है। ज़्यादातर लोग जो इस काम में शामिल हैं, वो अपने अस्तित्व के लिए, रोटी-कपड़ा-मकान के लिए, कहीं न कहीं, कुछ अगल-बगल की फ़ैक्ट्रीज़ में जाते हैं, कुछ निजी कंपनियों में जाते हैं, भूमिहीन खेत-मज़दूर के तौर पर काम करते हैं, और भी कुछ नौकरी करते रहते हैं, तो एकमात्र वही उनके सर्वाइवल की वजह नहीं है। दूसरे, जो लोग केवल इसी पर निर्भर हैं, ऐसे भी लोगों ने, आत्मसम्मान की लड़ाई के महत्त्व को समझ कर ये छोड़ा है। ऐसे भी लोग हैं जिन्होंने ये काम वापिस किया है। ऐसे भी लोग हैं जिनको ये काम नहीं करने पर मारा-पीटा गया है, कुछ ऐसे भी लोग हैं जो एंटरप्रेंयोर की तरह यहाँ काम करते हैं, जो एक से ज़्यादा लोगों को हायर करते हैं, और उनको लगता है कि उसमें से अच्छा पैसा मिल रहा है, अच्छा कैपिटल जेनेरेट हो रहा है, तो वो लोग भी अपनी मर्ज़ी से ये काम कर रहे हैं। लेकिन पहले के मुक़ाबले आज, ये काम नहीं करना है, ये काम छोड़ देना चाहिए, इस मुद्दे पर चेतना विकसित हुई है और सचमुच सैंकड़ों लोगों ने ये काम छोड़ा भी है। आने वाले दिनों में हम लोग इस संघर्ष को आगे ले कर जाएँगे।

**पी. जी. अम्बेडकर :** आपके ख़याल से दलित आज कितने मज़बूत हैं, क्योंकि चुनाव आ रहे हैं और गुजरात में, जैसा कि आपने कहा, दलितों की आबादी 7 प्रतिशत है। तो क्या उनके पास इतनी बारगेनिंग पावर है कि राजनीतिक दलों पर अपनी माँगों का दबाव बना सकें और मुख्यधारा की राजनीतिक पार्टियों से अपना एजेंडा मनवा सकें?

**जिग्नेश :** देखिए, जहाँ तक चुनावी राजनीति का सवाल है, गुजरात में महज़ 7 प्रतिशत होने

के कारण वे कोई बहुत ज़बरदस्त असर तो नहीं बना पाएँगे। लेकिन, इस बार इतना तो हुआ है, सरकारी एजेंसियों में मेरे जो स्रोत हैं उनके अनुसार, कि 1 प्रतिशत दलित भी इस बार भाजपा को वोट नहीं करने वाले हैं, जो चीज़ यूपी में हुई, वो गुजरात में नहीं होने वाली है। एक कॉन्ट्रिब्यूशन है ऊना आंदोलन का, क्योंकि वो इसलिए भी ज़रूरी था कि 2002 के दंगों के वक़्त दलितों का कुछ सैफ्रनाइज़ेशन भी हुआ, कुछ दलितों ने दंगों में हिस्सा भी लिया, जो कि बहुत शर्म की बात है, आप एक तरह से हिंदू राष्ट्र के एजेंडा का भाग बन गए। तो वहाँ से 2017 में हालात काफ़ी बदल गए हैं। वो एक सकारात्मक बदलाव हुआ है।

**पी. जी. अम्बेडकर :** मुझे लगता है कि दलितों पर हिंदुत्ववादी एजेंडे के भाग होने का आरोप लगाना ग़लत है। यह दलित आंदोलन की कमी रही है कि चेतना को उस हिसाब से विकसित नहीं किया गया। आपको नहीं लगता कि दलित आंदोलन राजनैतिक चेतना को जगाने में उतना सफल नहीं रहा है?

**जिग्नेश :** मैं बिल्कुल मानता हूँ कि यह दलित आंदोलन की विफलता रही है। जातिवादी लोग सांप्रदायिक भी हैं। उनके साथ मिलकर अगर आप 2002 के दंगों में मुसलमानों को मार रहे थे तो यह नहीं चलेगा। वह हिस्सेदारी ग़लत थी।

**प्रांजल :** अगर आज हम हिंदू राष्ट्र की अवधारणा की बात करें तो सबसे आम बात इसमें जो देखने को मिल रही है, वह है मॉब लिंचिंग को सामान्य मान लेना। भीड़, दलित, मुसलमान, और समाज के अन्य दबे हुए समुदाय से आने वाले लोगों को मार रही है और इसका विरोध भी नहीं हो रहा। आपको नहीं लगता कि अगर इसका विरोध करना है तो समाज के सभी वंचित और मुख्यतः दलित-मुसलमान की एकता की बात करनी होगी?

**जिग्नेश :** देखिए, सबसे पहले तो ये बात बहुत साफ़ तौर पर दिखती है कि मोदी के प्रधानमंत्री बनने के बाद और योगी के यूपी का सीएम बनने के बाद, संघ और भाजपा के कैडर को ज़बरदस्त चर्बी चढ़ी है। वो ऐसा मान कर चलते हैं कि वो जब चाहे दलितों और मुसलमानों को प्रताड़ित कर सकते हैं। पहलू खान की हत्या, अहमदाबाद में मोहम्मद अय्यूब का क़त्ल हो, ऊना की घटना हो, दादरी हो, लातेहार हो, या अभी की नॉर्थ गुजरात के वडावली गाँव की, जहाँ सौ के क़रीब मुस्लिम समुदाय के भाई-बहनों के घर जला दिए, सहारनपुर में भी घर जला दिए गए – तो एक तरह से ये संघी लोग बेख़ौफ़ हो गए हैं। सहारनपुर की घटना भी आप देखें तो अम्बेडकर का स्टैच्यू ना लगे, इसको लेकर आप इतना गुस्सा दिखाते हो

कि 60 लोगों के घर जला दो, एक गर्भवती दलित बहन के ऊपर तलवार से प्रहार करो, एक छोटे-से मासूम बच्चे को आप आग में झोंकने की कोशिश करो, तो ये बहुत ही गंदे तरीक़े की बर्बरता देखने को मिल रही है और जाति व्यवस्था के चलते दलितों को हमेशा से ही ऐसी निष्ठुरता का सामना करना पड़ा है। दलितों का उत्पीड़न, या दलितों का हत्याकांड कोई नई बात नहीं है, लेकिन आज इस तरह से इनको छूट मिल गई है, और ये निर्भय महसूस करते हैं। जो महाराणा प्रताप का समारोह करने आए थे, उनके पास शब्बीरपुर गाँव जाने की कोई वजह नहीं थी, तब भी वो वहाँ जाते हैं, दलितों के मोहल्लों में जाते हैं, रविदास मंदिर जाते हैं, मंदिर के बाहर तलवार निकाल कर कहते हैं कि नहीं लगेगा यहाँ पर अम्बेडकर का पुतला, अम्बेडकर मुर्दाबाद। तो ये जो एक, मैं नहीं कहूँगा कि नया फेनोमिना है, ये फेनोमिना चलता आ रहा है लेकिन अब ये बहुत बढ़ गया है।

आपका जो दूसरा सवाल था, दलित-मुस्लिम एकता के संदर्भ में, देखिए, मैं यह दावा नहीं करूँगा कि मेरे पास कोई ऐसा ब्लूप्रिंट या ठोस फ़ैसला है, जिससे दलित-मुस्लिम एकता का निर्माण किया जा सकता है, लेकिन हम निश्चित तौर पर इसका रास्ता निकालने की कोशिश करते रहेंगे। दलित-मुस्लिम एकता के संदर्भ में ऐसा भी कहूँगा कि केवल वो चुनावी राजनीति के संदर्भ में नहीं होना चाहिए, उसका एक सांस्कृतिक, सामाजिक आधार भी होना चाहिए। मैं जब ये कहता हूँ कि अंतरजातीय विवाह होने चाहिए, तो ये भी कहता हूँ कि अंतरधार्मिक विवाह भी होता है, जिससे अनेक मुस्लिम समूहों को बहुत ज़्यादा दिक्क़त होती है। तो वो जब तक नहीं जाएगा, एक सामाजिक एकता नहीं खड़ी हो पाएगी। लेकिन वो ना हो तब भी आज जिस प्रकार का जोख़िम हम लोगों के ऊपर है और जिस तरह का राक्षस हम लोगों के सिर के ऊपर मंडरा रहा है, नरेन्द्र नाम का, इस संदर्भ में मैं मानता हूँ कि ना केवल दलित और मुसलमान एक मंच पर आएँ, सारे लड़ने वाले लोग, तमाम कार्यकर्ता, दलित, मुस्लिम, आदिवासी, सबको एक मंच पर आना होगा, क्योंकि ये तो संविधान को तोड़-मरोड़ कर *मनुस्मृति* को लागू करना चाहते हैं।

*न्यूज़क्लिक, 25 मई 2017*

**12.**

# चर्चा : 'समाज में बदलाव के लिए सांस्कृतिक राजनीति की ज़रूरत है!'

– संभाजी भगत

*न्यूज़क्लिक और इंडियन कल्चरल फ़ोरम*

इस देश में सामाजिक-राजनीतिक क्रांति के तो अनेक उदाहरण हैं पर सांस्कृतिक क्रांति के गिने-चुने। ऐसा नहीं है कि हिंदुस्तान में सांस्कृतिक प्रतिरोध रहा ही नहीं है। पर इस प्रतिरोध को जनमानस तक ले जाने में या इसे बरक़रार रखने में इस देश के तरक़्क़ी पसंद लोग विफल रहे हैं। ऐसे अनेक कार्यकर्ता हैं जो अपने लेखन, संगीत या कला के माध्यम से मुद्दों को लोगों तक पहुँचाते रहे हैं और साथ ही फ़ासीवाद का विरोध भी करते रहे हैं। पर इनकी ख़बर लोगों तक जाती नहीं है। इन्हीं लोगों में से एक हैं – संभाजी भगत। क्यों ज़रूरत है आज के समय में सांस्कृतिक प्रतिरोध और राजनीति की? कैसे इसे एक मुक़म्मल मुक़ाम तक पहुँचाया जा सकता है? आइए, जानते हैं लोकशाहीर संभाजी भगत से।

*  *  *

**प्रणिता कुलकर्णी** : संभाजी, न्यूज़क्लिक में आपका स्वागत है। सतारा के एक छोटे से गाँव से निकलकर आपने अम्बेडकर कॉलेज में पढ़ाई की और सिद्धार्थ हॉस्टल में रहे। किन घटनाओं, व्यक्तियों से प्रभावित होकर आपने इस रास्ते को चुना?

**संभाजी** : मैं महाराष्ट्र के एक गाँव से हूँ, जिसका नाम महू है। आमतौर पर आज़ादी के संघर्ष के बाद लोगों के मन में एक उम्मीद थी और क्योंकि सतारा ज़िले ने बहुत नज़दीक से आज़ादी के संघर्ष को देखा है, यहाँ भी ऐसी ही भावनाएँ थीं! पर जाति व्यवस्था वैसे ही

बनी रही और मज़बूती से खड़ी रही। मैं ख़ुद गवाह रहा हूँ बचपन से इन अनुभवों का। हमारे घर, ऊँची जातियों (प्रभावशाली जातियाँ) के घरों से अलग हुआ करते थे। यहाँ तक कि पानी की सप्लाई भी अलग हुआ करती थी।

हमें पाठशाला के अंदर उच्च जाति के बच्चों से अलग बैठाया जाता था। मुझे इस तरह के जातीय भेदभाव का सामना करना पड़ा है। 1975 से इस तरह के भेदभाव ख़त्म हुए। हालाँकि आर्थिक स्थिति या व्यवस्था एक नए भेदभाव के उपकरण के रूप में सामने आई। सामाजिक स्थिति पर हमले लगातार होते रहे। इस तरह के भेदभाव आपको विशेषाधिकारों व मूलभूत सुविधाओं से वंचित रखते हैं। आपको गाँव के सांस्कृतिक कार्यक्रमों में भाग नहीं लेने दिया जाता। ऐसी ही एक घटना ने मेरी ज़िंदगी पर गहरा असर डाला और मुझे आज तक याद है। मेरे गाँव में भजन सभा हुआ करती थी। ऐसी ही एक सभा का नाम था – हरी नाम सत्ता। मुझे बचपन से ही संगीत पसंद है। जब मैं खेत में अकेला होता था, तब संगीत सुनता था। और उस समय ही मैंने संगीत को अपने जीवन का हिस्सा बनाने का निर्णय लिया। मेरी माँ मेरे इस व्यवहार से परेशान रहती थी। जहाँ कहीं से भी संगीत की ध्वनि आती, मैं उसी दिशा में चल पड़ता था। और इन सब में मुझे समय का भी पता नहीं रहता था। कभी-कभी तो बहुत रात भी हो जाती थी, जिसका मुझे ध्यान भी नहीं रहता। भजन में जितने भी संगीत उपकरण प्रयोग किए जाते थे, वो सब पसंद थे। लेकिन इनके अलावा मुझे मृदंगम सबसे ज़्यादा पसंद था।

आमतौर पर 'हरी नाम सत्ता' जैसी संगीत सभाओं में काफ़ी लोग शामिल होते थे। वे इन सभाओं का हिस्सा हुआ करते थे। लेकिन हमें इन संगीत सभाओं में सम्मिलित होने की अनुमति नहीं होती थी। या यूँ कहें कि उसमें हमारा जाना वर्जित था।

एक दिन जब 'सत्ता' हो रही थी, वहाँ एक व्यक्ति बहुत अच्छी मृदंगम बजा रहा था। उसे सुनकर मैं ख़ुद पर नियंत्रण नहीं रख सका। और उस मृदंगम के नज़दीक पहुँच गया। मैं उस मृदंगम के बहुत नज़दीक था, और उसके हथौड़े से मृदंगम की ताल पर चटाई पर बजाने लगा। मृदंगम सही करने वाला हथौड़ा गिरा, जिससे चटाई फट गई। और इस बात पर उस आदमी ने मेरी पिटाई कर दी। मेरी माँ को भी अपशब्द कहे। मुझसे संगीत सभा में उपस्थिति के बारे में पूछा गया। ये पूरी घटना मेरे सामने हुई।

तो जो संगीत सबके लिए होना चाहिए, उस संगीत को सीखना, उसकी तालीम हमारे लिए वर्जित थी।

हमारे गाँव में निचली जाति और मराठा लोगों के लिए पानी के अलग-अलग साधन थे। एक बार हमारे गाँव में सूखा पड़ा, लेकिन निचली जाति के लोगों के पास पानी उपलब्ध था। वहीं दूसरी जाति और मराठाओं को पानी की भयंकर क़िल्लत थी। जिसके चलते वह अपने पशुओं को हमारे गाँव में पानी पीने भेजते थे। इस घटना ने मुझे बताया कि मराठाओं की दृष्टि में पशु और हममें कोई अंतर नहीं। समय बीतने के साथ-साथ मैं बड़ा हुआ और इन बातों और घटनाओं को लेकर सचेत भी हुआ। अधिकारों के दृष्टिकोण से इन घटनाओं देखना शुरू किया!

और जब मैं कक्षा 9 में था तो इन सबकी परवाह किए बिना उस स्थान से पानी लेता था, जो मराठाओं के लिए था। जिसके कारण मुझे धमकाया गया, मेरे परिवार ने भी सवाल किए। मैंने मराठाओं को धमकाया कि यदि उन्होंने मेरे साथ कुछ किया तो मैं पुलिस के पास चला जाऊँगा! मेरी माँ दूसरों के खेतों में काम करती थी। उसके बाद उन्होंने सब्ज़ी बेचना शुरू किया, मैं भी उनके साथ बाज़ार जाता था! दूसरे सब्ज़ी बेचने वाले, हमारे घर की बनी हुई तरकारी (सब्ज़ी) तो खा लिया करते थे, परन्तु रोटी नहीं खाते थे। पैसे नहीं होते थे तो ज्वार या चावल के बदले सब्ज़ी खरीदते थे। ये किसी जाति व्यवस्था की बात नहीं है, ये सिस्टम ही ऐसा है।

मैं आज भी जब उन लोगों से मिलता हूँ, ऐसा लगता कि वे मुझसे अब भी उतना ही प्रेम करते हैं। जाति व्यवस्था इस तरह काम करती है। लोग बुरे नहीं, बुरी ये व्यवस्था है, जिसमें लोग फँसे हुए हैं।

मैं किसी व्यक्ति के प्रति बैर नहीं रखता। स्थिति में बदलाव आया है। और इन सबके लिए मैं उन संघर्षों का धन्यवाद करता हूँ, जो इस बदलाव का कारण हैं।

भले ही छुआछूत ख़त्म हो गई हो, लेकिन जाति व्यवस्था अभी भी मौजूद है। जातीय शोषण का तरीक़ा बदला है, लेकिन शोषण ख़त्म नहीं हुआ। हालाँकि उम्मीद अभी भी ज़िंदा है, लोगों के दिलों में।

**प्रणिता :** आपने कई माध्यमों में काम किए हैं। आपने झुग्गियों में, गाँवों में जाकर परफॉर्म किया है, जहाँ दर्शकों की संख्या काफ़ी कम थी, लेकिन उनके साथ आपका सीधा संवाद था। दूसरी तरफ़ आपने फ़िल्मों में भी काम किया है, जहाँ आपका दर्शकों के साथ सीधा संवाद नहीं था, लेकिन फिर भी आपकी बात लाखों लोगों तक गई। आप किस माध्यम में ज़्यादा सहज हैं और आपके हिसाब से कौन-सा माध्यम ज़्यादा असरदार है?

**संभाजी :** माध्यम के बारे में बात करें तो मैं किसी भी माध्यम से असहज नहीं हूँ। मैं इधर आया हूँ तो कैमरे के सामने हूँ, लेकिन दिल्ली की ही किसी झुग्गी में जाता तो हाथ में डफ़ली लेकर लोगों के लिए गाता। तो जिस परिस्थिति में मैं हूँ, उसमें जो मेरे सामने है, उसके बारे में मैं कभी शिकायत नहीं करता। जिस भी माध्यम से हम लोगों तक पहुँच सकते हैं, उस सुविधा का लाभ उठाना चाहिए। लेकिन ज़्यादा असरदार माध्यम तो डिजिटल माध्यम है, जिसके ज़रिए एक चीज़ सालों-साल तक रहेगी। लेकिन अगर मैं एक प्रोग्राम करूँ, तो लोग जल्दी भूल जाएँगे। अब सबका माध्यम डिजिटल हो गया है, हम ये नहीं कह सकते कि ग़रीब तबक़े का माध्यम डिजिटल नहीं है।

मैं सड़क पर भी गाता हूँ, स्टेज पर भी गाता हूँ, मैंने नाटक भी किए हैं और सिनेमा भी। जब-जब जैसी परिस्थिति मेरे सामने आई, मैंने उसका सामना किया और उसी हिसाब से काम किए। मैंने ये कभी नहीं कहा कि मैं सड़क पर गाता हूँ तो मैं रंगमंच के लिए काम नहीं करूँगा। जब मैंने *शिवाजी अंडरग्राउंड* किया, तो मेरे दोस्तों ने कहा कि अब तो मैं प्रसिद्ध हो जाऊँगा, मैं बिक गया हूँ। मुझे उन लोगों ने 'सुपारी शाहीर' कहा।

*शिवाजी अंडरग्राउंड* में मैंने गाँव के लोगों के साथ काम किया और शिवाजी को किसानों के कंधों पर शहरों तक लेकर आया, तब भी लोगों ने मुझे गाली दी। जब फ़िल्म की, तब भी मेरी आलोचना की।

मैंने जो भी काम किए, वो चले, लेकिन मैं वहाँ रुका नहीं। मुझे जो बोलना था, जिस माध्यम में बोलना था, मैंने बोला और वापस बस्ती में जाकर काम शुरू किया। मेरा काम इस तरह का है कि मैं एक ही समय पर सिनेमा में, टीवी पर गाता-लिखता हूँ लेकिन अगले ही दिन मैं आपको बस्ती में दिखूँगा। मेरी ज़मीन, मेरा मैदान बस्ती ही है। वो मेरी युद्धभूमि है।

हम हर जगह जाते हैं लेकिन फिर रास्ते पर आकर खड़े हो जाते हैं, क्योंकि हमारे लोग रास्ते पर हैं, हमारी बहनें रास्ते पर हैं। इसलिए हमें सड़क पर काम करना पड़ेगा, लेकिन इसका मतलब ये भी नहीं है कि हम उसी काम पर रुक जाएँ। परिस्थिति जैसे-जैसे बदलती है, हमें उसे समझना चाहिए। पहले मेरा स्ट्रीट थिएटर का ग्रुप था, इस समय एक चैनल होना चाहिए था लेकिन नहीं है। मुझे लगता है हर स्ट्रीट थिएटर ग्रुप का एक चैनल, एक छोटा कैमरा होना चाहिए और उन्हें डिजिटली काम करना चाहिए।

हमारे देश के जो तरक़्क़ी पसंद लोग हैं, उन्हें बदलने में वक़्त लगता है, लेकिन

जिनको हम पिछड़ी सोच रखने वाले बोलते हैं या जो जाति-धर्म के झगड़े करवाने वाले हैं, वे इसे इस्तेमाल करने में बहुत आगे हैं। लेकिन जो लोग दुनिया बदलने की बात करते हैं, वो इसमें बहुत पीछे हैं। वो कहते हैं कि हमारे पास संसाधन नहीं हैं, लेकिन संसाधन की बात ही नहीं है। मान लीजिए कि कोई अम्बेडकरवादी पार्टी है, बीएसपी जैसी। उनकी उत्तर प्रदेश में सरकार बनी थी, उनको तभी दलितों के लिए एक टीवी सेंटर बनाना चाहिए था। सीपीआई, सीपीएम ने बंगाल में इतने सालों तक राज किया, उनका Zee TV जैसा एक बड़ा चैनल होना चाहिए था।

**प्रणिता :** आपने हमेशा कहा है कि आप व्यवस्था को हिलाने के लिए आए हैं, मनोरंजन करने के लिए नहीं। हम यह भी कहते हैं कि कविता या कोई भी कला एक ज़रिया होती है, विरोध दर्शाने का। हम यह समझते हैं कि हम किसी भी कला के माध्यम से एक इंसान की संवेदना को पुकार रहे हैं। लेकिन आज के दौर में जब यह कहा जा रहा है कि इंसान की संवेदनाएँ मरती जा रही हैं, क्या आपको लगता है कि आज कोई भी कला असरदार है?

**संभाजी :** देखिए, ये जो संकट है, वो भारत-दिल्ली-महाराष्ट्र का नहीं, बल्कि पूरी इंसानियत का संकट है। और ये संकट अगर आर्थिक, राजनीतिक या सांस्कृतिक होता तो इसका हल मिल जाता लेकिन ये संकट फ़लसफ़े का है। हमारे सामने ये सवाल है कि हम पैदा हुए हैं तो क्यों हुए हैं, हमें जीना है तो क्यों जीना है!

ये संकट बार-बार आए हैं। इसी चक्कर में बड़े-बड़े युद्ध हुए हैं, जब इंसान को समझ में नहीं आता है कि वो क्यों जी रहा है? जब वो सोचता है कि जो मैं कर रहा हूँ, वो धर्म है क्या! इस संकट का समाधान खोजने के लिए हमें सांस्कृतिक ढंग से सोचना होगा। और हम टीवी, गानों के ज़रिए इसका समाधान खोज सकते हैं। इसका हल संसदीय राजनीति नहीं, बल्कि सांस्कृतिक राजनीति है! हमें नए राजनेता बनाने होंगे। हम जिन्हें 'पुरुगामी' कहते हैं या जो पुराने लोग हैं, वो ख़राब नहीं हैं, पर वो समझना नहीं चाहते। तो ऐसा होगा, वो पुराने लोग निकल जाएँगे और नए लोग आएँगे और समझेंगे कि ये जो देश और दुनिया के फ़लसफ़े का संकट है, वो सांस्कृतिक राजनीति से ही टल सकता है।

**प्रणिता :** सांस्कृतिक राजनीति क्या है?

**संभाजी :** सांस्कृतिक राजनीति या कल्चरल पॉलिटिक्स का मतलब मैं बताता हूँ। जब हम संसदीय राजनीति करते हैं, तो हमारे मुद्दे भौतिक होते हैं। भौतिक चीज़ों के लिए कई संघर्ष हुए जिनसे कुछ चीज़ें मिल गईं, कुछ नहीं मिलीं! लेकिन सिर्फ़ भौतिक चीज़ों से

लोग ग़रीब नहीं होते, वे सांस्कृतिक परिवेश से भी ग़रीब होते हैं, उनको उससे भी वंचित रखा जाता है।

तो दुनिया में अगर कुछ बदलाव लाना है, तो पहले राजनीतिक क्रांति करनी होगी और साथ ही साथ सांस्कृतिक क्रांति भी, जो सारी दुनिया में हुई है। माओ ने पहले राजनीतिक क्रांति की, फिर कल्चरल क्रांति। आज भी राजनीतिक क्रांति की बेहद ज़रूरत है। मैं इस बात से इनकार नहीं करता कि भौतिक चीज़ों के लिए लड़ना व्यर्थ नहीं है, लेकिन जो कल्चरल मुद्दे हैं, फ़लसफ़ों से जुड़े मुद्दे हैं, वो भी ज़रूरी हैं। जो लोग अभी राज कर रहे हैं, वो कहते हैं कि मृत्यु के बाद इंसान स्वर्ग जाता है। यह बात सही नहीं है लेकिन वो बोलते हैं, उन्होंने इसका एक फ़लसफ़ा बना दिया है। वो लोग 'क्यों जी रहा हूँ' का जवाब देते हैं। हमें एक नए तरीक़े से अपने फ़लसफ़ों से जुड़े मुद्दों को हल करने के लिए तैयार होना पड़ेगा। हमारे देश में बाबरी मस्जिद गिराई जाती है, एक फ़ासीवादी सरकार सत्ता में आ जाती है . . . इसलिए सांस्कृतिक मुद्दे ज़रूरी हैं।

मुझे लगता है कि पूरी इंसानियत के सामने फ़लसफ़े का ये संकट है। फ़ासीवादी सरकारें आती हैं, जाती हैं लेकिन ये संकट जारी रहता है।

**प्रणिता :** अगर हम इस चुनाव की बात करें तो ऐसा कहा जा रहा है कि इंसान की चेतना मर रही है क्योंकि एनडीए-1 के दौरान हमने देखा कि दलितों पर, अल्पसंख्यकों पर तरह-तरह के हमले हुए, उनको निशाना बनाया गया लेकिन फिर भी यही सरकार और भी मज़बूत बहुमत के साथ वापस आई है। क्या आपको ये डरावना लगता है?

**संभाजी :** उनके चुन के आने से मुझे उतना डर नहीं, जितना कि इस बात से है कि विरोधी दल एकदम ख़त्म हो गए हैं और इस बात से मुझे ज़्यादा डर लगता है। उनका संगठन है, वो 1925 से काम कर रहे हैं। भले ही हम उनके विचारों से सहमत न हों, लेकिन हमें ये देखना पड़ेगा कि वो इतने सालों से काम कर रहे हैं और नीचे तक काम कर रहे हैं और उनकी ऐसी जीत उसी का परिणाम है। और जो इनका विरोध कर रहे हैं, वो आपस में ही लड़ते हैं। वो कैसे तरक़्क़ी पसंद हैं कि पावर के लिए एक दूसरे से अलग होकर लड़ते हैं। जो विपक्ष है, वह विपक्ष का किरदार अदा नहीं कर रहा है बल्कि उनकी (बीजेपी) बी-टीम के जैसे काम कर रहा है। मुझे डर है किसी बी-टीम के बनने से। जो लोग विरोध करते हैं, उनके लिए डर लगता है मुझे। उनके चुन कर आने की वजह ये है कि उनके पास

संगठन है, कॉर्पोरेट सेक्टर, टीवी चैनल, अमेरिका का गाइडेंस, समर्थन, सब कुछ है।

**प्रणिता :** उत्तर प्रदेश जैसे राज्य में, जहाँ महाराष्ट्र की तुलना में जातीय समीकरण ज़्यादा असरदार है, वहाँ भी समाजवादी पार्टी या बहुजन समाज पार्टी अपना वोट बैंक बचाने के लिए काफ़ी संघर्ष कर रही है। आपको क्या लगता है, इसके पीछे क्या वजह है?

**संभाजी :** देखिए, जो फ़ासीवादी ताक़तें होती हैं, वो समर्पित होती हैं। इसके पीछे उनका बहुत सारा पैसा होता है, पूँजीपति होते हैं। अब चाहे वो वंचित बहुजन अघाड़ी है, चाहे मायावती जी या सपा के लोग, मुझे किसी में ज़्यादा फ़र्क नहीं दिखता है, क्योंकि संगठन के बग़ैर किसी बड़े चुनाव में शामिल होना और ये सोचना कि सभा में ज़्यादा लोग आते हैं इसलिए हम सफल हो जाएँगे, ग़लत है। हमारी सभाओं में जो लोग आते हैं, वो असुरक्षित तबक़ा है। वो असुरक्षा की वजह से आते हैं। उनको लगता है कि कोई है जो हमें बचाएगा! लेकिन ऐसा होता नहीं है। दलितों और मुसलमानों को लगता है कि मीटिंग्स में शामिल हो जाने से हमें सीट मिल जाएँगी, लेकिन जब पूँजीवादियों का चुनाव होता है तो वो ग़रीब लोगों के गणित से काफ़ी अलग होता है।

मुख्य मुद्दा यह है कि हमें असुरक्षित जनता को परिवर्तित करना पड़ेगा। और इसके लिए एक लंबा संघर्ष करना होगा। कुछ लोग कहते हैं कि पाँच साल संघर्ष करना होगा और सरकार बदल जाएगी, पर मैं कहना चाहता हूँ और मैंने ऐसा पहले भी कहा था कि ये सरकार फुल स्पीड में आई। क्यों आई? काँग्रेस के घोटालों की वजह से। यह प्रशिक्षित लोग हैं और अमेरिका की सिलीकॉन वैली से काम सीख कर आए हैं। यह सरकार में रहने की मंशा से आए हैं, जाने के लिए नहीं। और यह सत्यानाश करेंगे। हम उम्मीद करते हैं कि उन्हें ऐसा नहीं करना चाहिए और मानवाधिकारों को मान्यता देनी चाहिए, यूनियन के अधिकारों को मद्देनज़र रखना चाहिए, औरतों और दलितों के अधिकारों की रक्षा होनी चाहिए, लेकिन वो शासक वर्ग से हैं, उनका तो कंटेंट ही यही है, उनका रंग ही यही है, वो तुम्हारा काम क्यों करेंगे?

दूसरी ओर, विपक्ष संगठित होने में असफल है और उनको (सरकार को) गालियां देता रहता है। पर सवाल ये है कि गालियां देने से कोई कहीं जाने वाला है क्या? ये लोग जो फ़ेसबुक पर कचरा लिखते हैं, इनकी वजह से तो ये नहीं ही जाने वाले। इसलिए हमें सोच-समझ कर साथ रहना होगा और उसके हिसाब से काम करना होगा। हिटलर का

उदाहरण देख लें, ऐसे ही पूरी दुनिया में राइट विंग है। यह कुछ अलग है, एक ओर पूँजीवाद का आर्थिक संकट है और दूसरी ओर फ़लसफ़े का संकट है। इसमें पूरी मानव प्रजाति अटक गई है।

देखिए, सत्ता बहुत ख़तरनाक चीज़ होती है, उसके सामने खड़ा रहना आसान नहीं होता, इसके लिए बहुत बड़ा कलेजा चाहिए। हमें तरक्की पसंद भी रहना है, और जेल भी नहीं जाना है। ऐसे में हम बीच के लोग हो जाते हैं। बीच का आदमी कुछ नहीं करता, बस तकलीफ़ सहता है।

पोएट्री और प्रतिरोध के साथ ज़मीन पर काम करना ज़रूरी है। मैं यह नहीं कहना चाहता कि किसी पार्टी के साथ जुड़ना ही है। लेकिन कोई गाना लिखता है तो वह संविधान के साथ जुड़ कर लिखे।

लेकिन एक कलाकार को तरक्की पसंद भी रहना है, मार्केट भी देखनी है और सुरक्षित भी रहना है।

अब जब फ़ासीवादियों की सरकार है, तो वह सब दूध का दूध और पानी का पानी कर देंगे। समझ आ जाएगा कि कौन किस तरफ़ है।

न्यूज़क्लिक, 20 जून 2019

# आभार

यह संकलन कई लोगों के अथक परिश्रम का नतीजा है। हम उन सभी लेखकों, अनुवादकों, वीडियो एडिटर और कैमरा पर्सन को धन्यवाद देना चाहते हैं पर शायद सबके नाम लिखने के लिए एक नई किताब की ज़रूरत पड़ेगी, लेकिन कुछ नाम ख़ास तौर पर लिखना अनिवार्य है। हम सबसे पहले उर्मिलेश, प्रबीर पुरकायस्थ, गीता हरिहरन और सुधन्वा देशपांडे को धन्यवाद देना चाहते हैं, जिनके लगातार निर्देशन और अथक परिश्रम की वजह से ही यह संकलन संभव हो पाया है। साथ ही हम *इंडियन कल्चरल फ़ोरम, न्यूज़क्लिक, हस्तक्षेप, द सिटिज़न और सबरंग हिंदी* के बोर्ड और संपादक मंडल का शुक्रिया अदा करना चाहते हैं।

हम सोनाली, सत्यम, अजय कुमार, दानिया रहमान, महेश कुमार और न्यूज़क्लिक के राजेश कालिथोडी का शुक्रिया अदा करना चाहते हैं। इन्होंने अनुवाद से लेकर कोऑर्डिनेशन तक, हर ज़िम्मेदारी उठाई है।

हम निम्नलिखित वेबसाइट्स के आभारी हैं, जिन्होंने सच्ची पत्रकारिता की मिसाल दी है और जनता के मुद्दों को लगातार उठाया है। यह संकलन इन्हीं मंचों की मेहनत का नतीजा है।

न्यूज़क्लिक – https://www.newsclick.in

न्यूज़क्लिक हिंदी – https://hindi.newsclick.in

हस्तक्षेप – http://www.hastakshep.com

इंडियन कल्चरल फ़ोरम – https://indianculturalforum.in

हिंदी सबरंग इंडिया – https://hindi.sabrangindia.in

द सिटिज़न – https://www.thecitizen.in

पर सबसे अधिक हम उन सभी के आभारी हैं, जिन्होंने लेखों और वीडियो के ज़रिए, अपने संघर्षों और अनुभवों को लोगों तक पहुँचाया। यह संकलन इन्हीं की कहानी है और इन्हीं को समर्पित है।

# परिचय

**सुभाष गाताडे** सामाजिक कार्यकर्ता और लेखक हैं। उन्होंने सांप्रदायिकता और अन्य सामाजिक मुद्दों पर लगातार लिखा है और इनके ख़िलाफ़ आवाज़ उठाते रहे हैं।

**बादल सरोज** सीपीएम के मध्य प्रदेश राज्य सचिव मंडल के सदस्य और अखिल भारतीय किसान सभा के राष्ट्रीय संयुक्त सचिव हैं।

**सुबोध वर्मा** न्यूज़क्लिक के लिए सामाजिक और आर्थिक मुद्दों पर लिखते हैं। वह ट्रेड-यूनियन और अन्य लेफ़्ट संगठनों के साथ भी काम कर चुके हैं।

**आनंद तेलतुम्बड़े** लेखक और राजनीतिक विश्लेषक हैं। वह गोवा इंस्टीट्यूट ऑफ़ मैनेजमेंट में वरिष्ठ प्रोफेसर भी हैं। उन्होंने जाति और उसकी समस्याओं पर अनेक किताबें लिखी हैं। देश और दुनिया के विभिन्न अख़बारों और पत्रिकाओं में इन्हीं विषयों पर उनके कई लेख प्रकाशित हैं।

**सोनाली** ने न्यूज़क्लिक में बतौर पत्रकार काम किया है। वर्तमान में वे दिल्ली विश्वविद्यालय से हिंदी साहित्य में शोध कर रही हैं।

**प्रबीर पुरकायस्थ** न्यूज़क्लिक के प्रमुख संपादक हैं। वे 'फ्री सॉफ्टवेयर मूवमेंट' के राष्ट्रीय अध्यक्ष और 'ऑल इंडिया पीपुल्स साइंस नेटवर्क' के संस्थापक सदस्य भी हैं। प्रबीर ने चार दशक से विज्ञान, टेक्नोलॉजी, परमाणु, पावर सेक्टर और पेटेंट को लेकर अनेक संघर्ष किए हैं। इन मुद्दों पर प्रबीर, देश के विभिन्न अखबारों और पत्रिकाओं में लगातार लिखते रहे हैं।

**भाषा सिंह** स्वतंत्र पत्रकार और लेखक हैं। मैनुअल स्कैवेंजिंग पर उनकी किताब अदृश्य भारत (*अनसीन : द ट्रूथ अबाउट इंडियाज़ मैनुअल स्कैवेंजर्स*) पेंगुइन ने प्रकाशित की थी। उनकी पत्रकारिता ने उत्तर भारत में कृषि संकट, परमाणु संयंत्रों की राजनीति और ज़मीनी हक़ीक़त, दलित, जेंडर और अल्पसंख्यक अधिकारों पर ध्यान केंद्रित किया है।

**बेज़वाड़ा विल्सन** सफ़ाई कर्मचारी आंदोलन (SKA) के राष्ट्रीय संयोजक हैं, जो मैनुअल स्कैवेंजिंग के ख़ात्मे

के लिए काम करते हैं। 2016 में, विल्सन को भारत में मैनुअल स्कैवेंजिंग समाप्त करने के लिए, ज़मीनी स्तर पर चलाए जाने वाले आंदोलन का नेतृत्व करने के लिए रेमन मैग्सेसे पुरस्कार से सम्मानित किया गया।

**चिन्नैया जंगम** कनाडा के कार्लटन विश्वविद्यालय के इतिहास विभाग में पढ़ाते हैं। उन्हें आधुनिक दक्षिण एशियाई सामाजिक और बौद्धिक इतिहास में विशेषज्ञता हासिल है।

**अनिल चमड़िया** वरिष्ठ पत्रकार हैं। अनिल अख़बारों और पत्रिकाओं के लिए लगातार लिखते रहे हैं। महात्मा गाँधी अंतर्राष्ट्रीय हिंदी विश्वविद्यालय और आईआईएमसी के साथ जुड़े रहने के अलावा पत्रकारिता के क्षेत्र में उनका बड़ा योगदान रहा है।

**जिग्नेश मेवाणी** सामाजिक कार्यकर्ता और राजनीतिज्ञ हैं। वह वडगाम निर्वाचन क्षेत्र से गुजरात विधान सभा के सदस्य हैं। उन्होंने 2016 में गुजरात में दलित हितों के लिए चलाए गए आंदोलन का नेतृत्व किया था।

**संभाजी भगत** एक लोकशाहीर, कवि, गायक और कार्यकर्ता हैं। लोकशाहीर संभाजी भगत का कलासंगिनी नामक समूह महाराष्ट्र के ग्रामीण इलाक़ों में संगीत और फ़िल्म पर कार्यशालाओं का आयोजन करता है।

**प्रांजल** पत्रकार और कार्यकर्ता हैं। न्यूज़क्लिक में काम करते हैं। वे छात्र आंदोलन के साथ भी जुड़े रहे हैं।

**प्रणिता** पत्रकार हैं। न्यूज़क्लिक के साथ काम करती हैं।

**सत्यम** न्यूज़क्लिक में पत्रकार हैं और रंगमंच कलाकार भी। वे जन नाट्य मंच से जुड़े हैं।

**अजय कुमार** न्यूज़क्लिक के पत्रकार हैं।